MW01634333

Wieder gesund!
Heilsame Geschichten

Herausgegeben von
Evelyne Polt-Heinzl und
Christine Schmidjell

Philipp Reclam jun.
Stuttgart

Mit 10 Abbildungen

Universal-Bibliothek Nr. 18092

Umschlaggestaltung: Werner Rüb, Bietigheim-Bissingen,
unter Verwendung einer Illustration von Norman Junge
Gesamtherstellung: Reclam, Ditzingen. Printed in Germany 2000

ISBN 3-15-018092-9

Inhalt

Wundersame Heilungen ...

… und rätselhafte Heilmethoden

Heilkräfte der Kunst und der Natur

Vom Wirken der Ärzte

Hypochonder und Simulanten, möglicherweise

Glücklich überstanden

Nachsatz

Anhang

Die Gesundheit ist ein kostbares Gut; nur sie ist es eigentlich wert, daß man dafür seine Zeit, seinen Schweiß, seine Arbeit und sein Geld, ja sogar sein Leben einsetzte; ist doch ohne sie das Leben für uns eine Last; ohne sie verliert alles seinen Glanz und seine Kraft: Genüsse, Lebenserfahrung, Wissenschaft und Tugend.

Michel de Montaigne, *Die Essais*

Vorwort

Die Gesundheit ist ein kostbares Gut

»Mit allen Mitteln verjagen und mit Feuer und Schwert und mancherlei Vorkehrungen ringsum abschneiden muß man vom Leibe die Krankheit«, lautet ein weiser Ratschlag, den der griechische Philosoph und Mathematiker Pythagoras im 6. Jahrhundert vor Christus formulierte. Über die Jahrtausende haben sich Anleitungen und Vorschläge, wie gegen Krankheiten am zielführendsten vorzugehen sei, sonder Zahl angehäuft, denn Erhaltung bzw. Wiederherstellung der Gesundheit ist nicht nur für den einzelnen von herausragender Bedeutung, sondern letztlich für die Geschichte der Menschheit insgesamt. Der gegenwärtige Gesundheits- und Fitneß-Boom, der auch die zunehmende Sensibilität für unsere Verletzlichkeit durch veränderte Umweltbedingungen widerspiegelt, präsentiert uns fast täglich neue Methoden und Konzepte, wie wir unser körperliches Wohlbefinden erhalten und allfälligen Krankheitsattacken prophylaktisch die Stirn bieten können.

Zwar haben weder die Vielfalt der Therapievorschläge noch die Fortschritte der Schulmedizin bisher das Problem Krankheit beseitigen können, aber durch die gestiegene Lebenserwartung und das wachsende Wissen um die Vielzahl der möglichen Krankheiten und ihrer Behandlung wird der Prozeß der Genesung zu einer immer öfter erlebten Situation. Seien es die überstandene Kinderkrankheit, die mit großer Pünktlichkeit alljährlich sich einstellenden Grippewellen, der Autounfall oder harmlose Volksübel wie Hexenschuß und Schnupfen – Erfahrungen mit Krankheit und Genesung prägen unser aller Leben. Auch weil Zeiten der Krankheit, der erzwungenen Ruhigstellung im Krankenlager, das uns aus der Hektik des Alltags herausreißt, nicht selten Phasen besonders intensiver Selbstbegegnung und bewußten Reflektierens sind und dadurch als Wendezeiten und Wegmarken zu neuen Aufbrüchen erfahren werden.

Aber auch von der Konfrontation mit sich selbst braucht der Mensch immer wieder kurze Erholungspausen, und da kann die Bekanntschaft mit anderen Menschen und anderen Schicksalen sehr hilfreich, ja sogar heilsam sein. Genau hier setzt diese handliche Textsammlung an. Die Lektüre der Geschichten und Gedichte vertreibt die Langeweile der verordneten Bettruhe und sorgt für abwechslungsreiche Unterhaltung. Durch die Kürze der Texte kann das Lesen hier auch dann Lust bereiten, wenn der lange Atem und die Geduld für den großen Roman oder das anspruchsvolle Sachbuch vielleicht noch fehlen und das Fernsehen schon zu langweilig ist.

Zum anderen zeichnen die Texte dieses Bandes in einem lockeren und anregenden Bogen ein vielfältiges Bild von Genesungs- und Heilungsprozessen, gewürzt mit einem guten Schuß Humor und auch einer aufheiternden Portion Unernsthaftigkeit. Erzählt wird etwa von den schönen Momenten des Krankseins, sei es die Genugtuung über die gesteigerte Aufmerksamkeit, die das kranke Kind noch als Erwachsener erinnern wird, oder die unbändige Freude über die allmähliche Rückkehr der Körperkräfte und der Lebenslust und über das Wissen, daß eine entscheidende Krise erfolgreich bewältigt wurde. Darüber hinaus gibt es allerlei Geheimnisvolles über wundersame Heilungen und sonderbare, zuweilen magische Heilverfahren zu lesen. Das Thema Kuraufenthalt fehlt ebensowenig wie natürlich der Arzt, wobei die Götter in Weiß in den literarischen Texten mitunter mit einigen dunklen Schatten dargestellt werden. Einen Sonderfall stellen die Hypochonder und Simulanten dar. Auch wenn sie sich in den vorliegenden Fällen nicht immer ganz eindeutig outen, haben ihre oft recht skurrilen Krankengeschichten in jedem Fall eine ganz spezifische humoristische Qualität.

Gemeinsam ist den Texten das Moment der Spannung, der lustvollen Unterhaltung und natürlich der Aspekt, den das Schlußkapitel formuliert: Glücklich überstanden. Nicht verwunderlich ist es dann auch, daß sich einige Beiträge direkt oder indirekt mit dem Thema Bibliotherapie – der heilsamen Wirkung des Lesens – beschäftigen, der letztlich ja dieser gesamte Band verpflichtet ist. Besonders effektive Heileffekte sind eventuell auch durch das Vorlesen der Texte erzielbar.

Der wonnige Zustand der Rekonvaleszenz

VLADIMIR NABOKOV

Wie auf Wellen von Luft

Vor neun Jahren, im Sommer 1915. Ein Landhaus, der Typhus. Es war erstaunlich angenehm, sich vom Typhus zu erholen. Man lag da wie auf Wellen von Luft; hin und wieder tat zwar die Milz noch weh, aber die eigens aus Petersburg herbeigeholte Krankenschwester rieb einem morgens, wenn der ganze Mund vom Schlaf noch klebrig war, mit einem portweingetränkten Wattebausch die pelzige Zunge ab. Die Krankenschwester war sehr klein, hatte eine weiche Brust und kurze, geschickte Hände und strömte einen feuchten, kühlen, altjüngferlichen Geruch aus. In ihre Rede flocht sie immer wieder volkstümliche Scherzworte ein und die Brocken Japanisch, die ihr aus dem Krieg von 1904 im Gedächtnis geblieben waren. Ihr Bauerngesicht war nicht größer als eine geballte Faust und voller Pockennarben, ihre Nase war winzig, und unter ihrer Schwesternhaube ragte nie auch nur ein einziges Haar hervor.

Man lag da wie auf Luft. Zur Linken wurde das Bett durch einen braungelben, aus Rohr geflochtenen Wandschirm mit schwungvollen Kurven gegen die Tür abgeschirmt. Ganz in der Nähe, rechts in der Ecke, stand der Ikonenschrein: schwärzlich-braungesichtige Heiligenbilder hinter Glas, Wachskerzen, ein Kreuz aus Korallen.

Von den zwei Fenstern leuchtete das entferntere geradeaus vor ihm, und es war, als stieße das Kopfende des Bettes sich von der Wand ab und zielte mit dem Fußende und seinen Messingknäufen, die jeder eine Sonnenblase enthielten, direkt auf dieses Fenster; und jeden Augenblick konnte es losfahren und quer durchs Zimmer hinaus in den tiefen Julihimmel schweben, auf dem wollige weiße Wolken schräg nach oben zogen. Das zweite Fenster, an der rechten Wand, ging auf ein geneigtes blaßgrünes Dach hinaus – sein Schlafzimmer lag im ersten Stock, und das Dach gehörte zu einem einstöckigen Seitenflügel, in dem sich die Gesindezimmer und die Küche befanden. Am Abend wurden die beiden Fenster von innen mit weißgestrichenen Holzläden verschlossen.

Die Tür hinter dem Wandschirm führte auf die Treppe, und etwas weiter, an derselben Wand, standen ein glänzender weißer Kachelofen und ein altmodischer Waschtisch mit Wasserbehälter und einem schnabelförmigen Wasserhahn: Sobald man mit dem Fuß auf das Kupferpedal trat, spritzte aus dem Hahn eine dünne Fontäne. Links vom Vorderfenster stand eine Mahagonikommode mit sehr fest sitzenden Schubfächern und rechts eine kleine Ottomane.

Die Tapete war weiß mit einem bläulichen Rosenmuster. Mitunter hatte er sich, noch halb im Fieber, aus diesen Rosen menschliche Gesichter zurechtgemacht oder war mit den Augen hinauf- und heruntergewandert und hatte versucht, unterwegs mit dem Blick keine einzige Blume und kein einziges Blatt zu streifen, und tatsächlich fand er Lücken im Muster, zwängte sich dort hindurch, kehrte um, wenn er in einer Sackgasse gelandet war, und begann gleich aufs neue, das strahlend helle Labyrinth zu durchwandern. Rechts neben dem Bett, zwischen Ikonenschrein und Seitenfenster, hingen zwei Bilder – eine gescheckte Katze, die aus einer Untertasse Milch schleckte, und ein Star, der aus Starenfedern zusammengesetzt war und über der Zeichnung eines Starenkastens kauerte. Daneben, dicht am Fensterrahmen, war eine Petroleumlampe befestigt, die sich vorzüglich darauf verstand, eine schwarze Rußzunge herauszustrecken. Es gab noch weitere Bilder im Zimmer: über der Kommode die Lithographie eines jungen Neapolitaners mit nackter Brust und über dem Waschbecken die Bleistiftzeichnung eines Pferdekopfes, der mit geblähten Nüstern im Wasser schwamm.

Den ganzen Tag über glitt das Bett immer wieder in den heißen, windigen Himmel hinaus, und wenn er sich aufrichtete, sah er die Wipfel der Linden, die von der Sonne vergoldet waren, Telephondrähte, auf denen sich Schwalben niedergelassen hatten, und jenen Teil des hölzernen Schutzdachs über der roten, sandigen Auffahrt, der zur Eingangsveranda führte. Wunderbare Laute drangen von draußen herein – Vogelgezwitscher, fernes Gebell, das Quietschen einer Wasserpumpe.

Er lag da und ließ sich treiben und überlegte, daß er nun bald aufstehen würde; Fliegen spielten in einer Sonnenpfütze, und vom Schoß der Mutter, die an seinem Bett saß, sprang ein Knäuel bunter Seide, als sei es lebendig geworden, hinunter und rollte sachte über das bernsteingelbe Parkett.

In diesem Zimmer, wo Ganin mit sechzehn vom Typhus gesundete, hatte er jenes Glück empfangen, das Bild jenes Mädchens, dem er einen Monat darauf in

Wirklichkeit begegnen sollte. Alles hatte an seiner Erschaffung teilgehabt; die zartgetönten Lithographien an den Wänden, das Gezwitscher vor dem Fenster, das braune Antlitz des Christus im Ikonenschrein und sogar die winzige Fontäne des Waschtischs. Das knospende Bild wuchs und saugte den ganzen sonnigen Zauber des Zimmers in sich auf, ohne den es sicherlich nie herangereift wäre. Schließlich war es ja nichts weiter als eine jugendliche Vorahnung, ein köstlicher Nebel. Doch heute wollte es Ganin scheinen, als wäre solch eine Vorahnung noch nie so vollständig erfüllt worden.

Klaus Mann

Ein flüchtiger Alptraum

Kann eine gewisse psychologische Disposition zu organischen Störungen führen? Gibt es einen kausalen Zusammenhang zwischen der beinah tödlichen Krankheit, die ich im Jahre 1916 durchmachte, und der nationalen Kalamität jener historischen Stunde? Die Schwingen des Todes, von denen so viele meiner unbekannten älteren Brüder berührt wurden, beschatteten auch meine kindliche Stirn.

Blinddarmentzündung nahm in unserer Familie den Charakter einer Epidemie an, in verwirrendem Widerspruch zu allen medizinischen Erfahrungen und Prinzipien. Erst mußten die beiden »Kleinen« binnen achtundvierzig Stunden operiert werden; dann kam Mielein an die Reihe, und zuletzt wurden Erika und ich mit akuter Entzündung in die Klinik eingeliefert. In den vier anderen Fällen wurde die Operation gerade noch rechtzeitig ausgeführt; der Krankheitsverlauf war normal und befriedigend. Bei mir jedoch nahm die Sache eine beunruhigende Wendung. Es gab einen »Durchbruch« in meinem Inneren, irgendeine furchtbare interne Explosion, an der man eigentlich stirbt. Mit erschreckender Genauigkeit erinnere ich mich der endlosen Fahrt von unserem Hause zur Privatklinik des Hofrats Krecke, die am entgegengesetzten Ende der Stadt gelegen war. Mein Eingeweide brannte, tobte, revoltierte, schien im Begriff zu bersten. Das Sanitätsauto, eine Hölle auf Rädern, trug mich viel zu langsam durch entfremdete Straßen, über verödete Plätze, einem Ziel entgegen, dessen dunklen Namen ich nicht kannte, aber hätte erraten können, angesichts von Mieleins bebender Spannung und mühsam beherrschter Angst.

Es bedarf wohl kaum der Erwähnung, daß meine schwere Krankheit – die Tatsache, daß »der arme Klaus fast gestorben wäre« – eine Familienlegende größten Stiles werden sollte. Mir ist oft erzählt worden, und ich ward es nie müde, derlei rührenden Berichten zuzuhören, wie ich geschrien habe in meinem Schmerz und wie erschreckend abgezehrt ich war, ein wahres Skelett, nachdem ich vier oder fünf Operationen hatte über mich ergehen lassen. Es war eine »durchgebrochene Blinddarmentzündung mit Komplikationen« – was entschieden großartig und schrecklich klang. Mein Bauch mußte der Länge nach geöffnet werden, damit Hofrat Krecke

Gelegenheit hatte, das völlig in Unordnung geratene Gekröse auf einem kleinen Rost zu entwirren und neu zu sortieren. Von diesen mythischen Heimsuchungen ist mir freilich nichts im Gedächtnis geblieben außer einer einzigen Empfindung – dem Gefühl eines fast unerträglichen Durstes. Das rasende Verlangen nach Wasser hat alle anderen Bilder der Qual aus meiner Erinnerung verdrängt. Von der ganzen Krankheitsperiode ist nichts übriggeblieben als ein flüchtiger Alptraum von erstickender Finsternis und dörrender Hitze. Er beginnt im schaukelnden Sanitätsauto und endet scheinbar am nächsten Morgen in unserem Tölzer Garten. Der Schrecken ist vorüber; der Tod hat mich entlassen; der fiebrige Durst ist gestillt. Ich halte ein großes Glas Orangensaft in meiner Hand. Ausgestreckt auf einem Liegestuhl im Schatten des Kastanienbaumes, atme ich die schwere duftgesättigte Luft von Sommer und Genesung.

Ich war ein Held, denn ich hatte überlebt. Meine Umgebung – Familie, Personal und Nachbarn – waren offenbar voll Anerkennung für die Seelenstärke, die ich bewiesen hatte, indem ich dem lockenden Ruf des Todes widerstand. Kein Wunder, daß ich begann, auf meine ordinären Geschwister ein wenig herabzublicken; denn sie »lebten« ja nur, was kein besonderes Verdienst bedeutet, während ich – ein viel interessanterer Fall! – am Leben geblieben war, aller Wahrscheinlichkeit und allen Prognosen zum Trotz. Natürlich wurde ich verwöhnt und bekam alle Leckerbissen, die eine geplagte Hausfrau damals noch auftreiben konnte. Der Herr Hofrat hatte ja gesagt, daß ich unbedingt zunehmen müßte. Man redete mir zu, so viel zu essen, wie ich irgend konnte. Während die täglichen Rationen der übrigen Hausbewohner schon recht fühlbar zusammenschrumpften, schien es allgemeine Freude zu erregen, wenn ich mich gnädig dazu herbeiließ, noch ein belegtes Brot oder ein Stück Kuchen anzunehmen.

Aber dieser wonnige Zustand der Rekonvaleszenz konnte nicht ewig dauern. Meine Privilegien verringerten sich im genauen Verhältnis zum Fortschritt meiner Erholung. Als der Sommer vorüber war, hatte ich fast mein normales Gewicht und meine ganze Vitalität zurückgewonnen. Ich war gesund genug, den Alltag wieder auszuhalten, den strengen Alltag des dritten Kriegswinters in Deutschland.

Agnes Smedley

Die Teilnahme der anderen

Dieser Winter brachte mir noch eine neue Erfahrung, aber nicht durch die Schule. Ich war gefallen und hatte mir den Arm gebrochen. Ältere Schuljungen trugen mich nach Hause. Die Mutter sorgte sich wochenlang um mich, sprach zärtliche Worte zu mir, während ich im Bett lag, und Leute kamen vorbei, um zu fragen, wie es mir ging. Es war sehr traurig, wieder gesund zu werden, und zu erleben, wie ich allen wieder völlig gleichgültig wurde. Deswegen klagte ich noch lange über meinen gebrochenen Arm, sogar als er schon längst geheilt war. So lernte ich, daß man krank und hilflos sein muß, um Teilnahme und Freundlichkeit von den Menschen zu erfahren, und daß sie sich um einen Gesunden und Starken nicht kümmern. Vielleicht war ich aus diesem Grunde während meiner ganzen Kindheit als kränklich bekannt.

Peter Altenberg

Krankenlager

Ich lag wieder einmal im Sterben. Einer sandte mir daher Kalbsfußgelee in Glasdose, statt mir seine junge, schöne Geliebte zu senden, die mich unbedingt eher hätte erretten können als Kalbshaxen! Das Kalbsfußgelee hatte einen geheimnisvollen, uneröffenbaren Verschluß. Daher war es auch ganz gleichgültig, daß es vor dem Eröffnen zwei Stunden lang in Eis liegen sollte. Einer kam sehr teilnahmsvoll und besprach es mit mir ziemlich eingehend, ob er seiner Mitzi den Laufpaß geben solle oder nicht, nachdem doch, wie ich wisse –. Wir berieten hin und her, und er meinte schließlich, er sehe, ich sei nicht ganz bei der Sache. Zum Schlusse sagte er: »Hast du große Schmerzen?! Merkwürdig, daß diese Anfälle in letzter Zeit so häufig wiederkommen. Vielleicht sieht man dich übrigens morgen im Gasthaus. Da können wir es weiter besprechen.« Eine Dame kam, und ich teilte ihr mit, daß sie die schönsten Ohren, Hände von der Welt habe. Sie meinte, ich bliebe noch in der Sterbestunde ein Dichter, ein wirklicher Künstler. Einer kam und legte seine Zigarettenasche auf mein Nachtkästchen aus Bambus, neben die große, tiefe Aschenschale. Einer trug mir ein Buch weg, unter dem Vorwande, ich könne in meinem jetzigen Zustande ohnedies nicht die Sammlung finden, es zu lesen. Einer sagte mir, man dürfe sich nicht so sehr nachgeben, sondern müsse die Krankheit durch Energie überwinden. Gott, wo käme er selbst hin, wenn er sich immer gleich ins Bett legen wollte und sich pflegte!? Eine junge Dame schrieb: »Verehrter Meister, ich höre, daß sie schwerkrank sind. Darf ich um ein Autogramm bitten?!« Als ich wieder genesen war, sagte man zu mir: »Nun, Peter, du ewig Unzufriedener, hast du es nicht jetzt wieder einmal erlebt, von wieviel Sympathie und echter Freundschaft du in schweren Zeiten dennoch umgeben bist?!« Ich blickte gerührt vor mich hin – das heißt, ich dachte: Verbrecher und Schafsköpfe!

André Gide

Sonnenkur in Ravello

Mehr dem Himmel benachbart als abseits vom Ufer, liegt Ravello auf einer steilen Höhe dem fernen und flachen Gestade von Paestum gegenüber. Es war unter normannischer Herrschaft eine fast bedeutende Stadt; heute ist es nur noch ein enges Dorf, in dem wir, glaube ich, die einzigen Fremden waren. Ein altes Kloster, das man in ein Hotel verwandelt hatte, beherbergte uns. Da es am Rand des Felsens lag, schienen seine Terrassen und sein Garten ins Blau überzuhängen. Hinter der von Reben bewachsenen Mauer sah man zunächst nichts als das Meer; man mußte an die Mauer herantreten, um den bebauten Abhang zu bemerken, der Ravello mehr durch Treppen als durch Pfade mit dem Strand verband. Hinter Ravello stieg das Gebirge hoch. Olivenbäume, riesige Johannisbrotbäume; in ihrem Schatten Alpenveilchen; weiter oben eine große Zahl Kastanien; frische Luft; nordische Pflanzen; weiter unten, nahe dem Meer, Zitronenbäume. Man hat sie in kleinen Kulturen angepflanzt, fast regelmäßigen Terrassengärten, wie sie das Gefälle des Geländes bedingt; in der Mitte durchzieht sie eine schmale Allee von einer Seite zur andern, in die man geräuschlos, wie ein Dieb, eintritt. Man kann träumen unter diesem grünen Schatten; das Laub ist dicht, schwer; kein Strahl durchdringt es ungebrochen; wie dicke, duftende Wachstropfen hängen die Zitronen darin; im Schatten wirken sie weiß und grünlich; sie hängen in Reichweite der Hand, des Durstes; sie schmecken süß, herb; sie erfrischen.

Der Schatten dort war so dicht, daß ich nach dem Gehen, von dem ich noch erhitzt war, nicht stehenzubleiben wagte. Doch die Treppen erschöpften mich nicht mehr; ich übte mich darin, sie mit geschlossenem Mund hinaufzuklettern; ich machte in immer größeren Abständen Halt, sagte mir: bis dahin will ich gehen, ohne schwach zu werden; am Ziel angelangt, fand ich in meinem befriedigten Stolz meinen Lohn; dann atmete ich langsam, kräftig, so daß mir schien, ich fühlte die Luft viel wirkungsvoller in meine Brust dringen. Ich übertrug auf alle diese Sorgen um meinen Körper die Beharrlichkeit von ehedem. Ich machte Fortschritte.

Manchmal wunderte ich mich, daß meine Gesundheit sich so schnell wiederherstellte. Schließlich kam ich zu der Überzeugung, ich hätte anfangs den Ernst meines Zustandes übertrieben; bezweifelte, daß ich sehr krank gewesen war; verlachte meinen Blutsturz; bedauerte, daß sich meine Genesung nicht schwieriger angelassen hatte.

Zuerst hatte ich mich sehr töricht gepflegt, da ich die Bedürfnisse meines Körpers nicht kannte. Ich studierte sie nun geduldig und wurde, was die umsichtige Pflege betrifft, so beharrlich und erfinderisch, daß ich mich damit unterhielt wie mit einem Spiel. Am meisten litt ich immer noch unter meiner krankhaften Anfälligkeit gegen jede Temperaturschwankung. Ich schrieb diese Überempfindlichkeit jetzt, da meine Lungen geheilt waren, meiner nervösen Schwäche zu, diesem Überrest der Krankheit. Ich beschloß, sie zu überwinden. Der Anblick der schön gebräunten und wie von Sonne durchdrungenen Haut, wie sie ein paar spärlich bekleidete Bauern enthüllten, die mit offener Jacke auf den Feldern arbeiteten, brachte mich auf den Gedanken, mich ebenso bräunen zu lassen. Eines Morgens zog ich mich aus und betrachtete mich; der Anblick meiner zu mageren Arme, meiner Schultern, die sich auch mit größter Anstrengung nicht gerade biegen wollten, aber vor allem der Blässe oder vielmehr der Farblosigkeit meiner Haut erfüllte mich mit Scham und Tränen. Ich zog mich eilig wieder an, und anstatt wie gewohnt nach Amalfi hinunterzusteigen, schlug ich den Weg zu den mit kurzem Gras und Moos bedeckten Felsen ein, fern von den Häusern, fern von den Straßen, wo ich wußte, daß ich nicht gesehen werden konnte. Dort zog ich mich langsam aus. Die Luft war fast frisch, aber die Sonne glühte. Ich bot meinen ganzen Körper ihrer Flamme dar. Ich setzte mich, legte mich hin, drehte mich um. Ich spürte unter mir den harten Boden; die jungen Gräser streiften mich bei jeder Bewegung. Obgleich ich im Windschutz saß, schauderte und zitterte ich bei jedem Hauch. Bald umhüllte mich ein köstliches Brennen; mein ganzes Sein strömte in meine Haut.

Wir blieben elf Tage in Ravello; jeden Morgen ging ich zu den Felsen hinauf und machte meine Kur. Bald wurden mir die zahlreichen Kleidungsstücke, die ich immer noch trug, lästig und überflüssig; meine gekräftigte Epidermis schwitzte nicht mehr ununterbrochen und wußte sich zu schützen durch die eigene Wärme.

Am Morgen eines der letzten Tage (wir hatten Mitte April) wagte ich noch mehr. Aus einer Spalte der Felsen, von denen ich rede, entsprang eine Quelle. Sie fiel in Kaskaden herab, freilich nicht zu reichlich, aber unter dem Wasserfall hatte sie ein tieferes Becken ausgehöhlt, in dem sich das sehr klare Wasser staute. Dreimal war ich hingegangen, hatte mich darüber gebeugt, hatte mich auf der Böschung ausgestreckt, voll Durst und voll Verlangen; lange hatte ich den glatten Felsengrund betrachtet, auf dem man keinen Schmutz, kein Kräutchen entdecken konnte und in den die Sonne schwingend und vielfarbig hinabdrang. An diesem vierten Tag trat ich, schon im voraus entschlossen, an das Wasser heran, das klarer war denn je, und tauchte, ohne länger zu überlegen, mit einem Schwung ganz hinein. Schnell erstarrt, stieg ich wieder heraus und streckte mich auf dem Gras in der Sonne aus. Da wuchs duftende Pfefferminze; ich pflückte sie, zerquetschte die Blätter und rieb meinen feuchten, brennenden Körper ganz damit ein. Ich betrachtete mich lange, jetzt ohne jede Scheu, mit Freude. Ich fand mich zwar noch nicht kräftig, fand aber, daß ich es werden könne, fand mich harmonisch, sinnlich, fast schön.

Rainer Maria Rilke

Die Genesende

Wie ein Singen kommt und geht in Gassen
und sich nähert und sich wieder scheut,
flügelschlagend, manchmal fast zu fassen
und dann wieder weit hinausgestreut:

spielt mit der Genesenden das Leben;
während sie, geschwächt und ausgeruht,
unbeholfen, um sich hinzugeben,
eine ungewohnte Geste tut.

Und sie fühlt es beinah wie Verführung,
wenn die hartgewordne Hand, darin
Fieber waren voller Widersinn,
fernher, wie mit blühender Berührung,
zu liebkosen kommt ihr hartes Kinn.

Aus eigener Kraft genesen

Ein Teil der Heilung war noch immer, geheilt werden zu wollen.

SENECA, *Phaedra*

Während meiner Krankheit, sagt Epikur, unterhielt ich mich nicht über meine körperlichen Leiden, auch sprach ich nicht mit denen, die mich besuchten, davon; vielmehr setzte ich meine früher angefangenen Naturforschungen fort und beschäftigte mich hauptsächlich mit der Frage, wie die denkende Seele, trotz ihrer Teilnahme an den Empfindungen des Körpers, unerschütterlich bleiben und das ihr eigentümliche Gut bewahren könne. Auch gab ich, fährt er fort, den Ärzten keine Veranlassung, sich damit zu brüsten, als hätten sie wunder was an mir getan; vielmehr führte ich auch damals ein gutes und heiteres Leben. Tue es ihm nur nach in Krankheitsfällen und in allen Lagen des Lebens.

MARC AUREL, *Selbstbetrachtungen*

Henning Boëtius

Das Fieber des Johann Christian Günther

Jetzt, da er zu krank für seine astronomischen Exkursionen ist, beobachtet er seinen eigenen körperlichen Zustand. Er stellt fest, daß mit steigendem Fieber ein merkwürdig friedlicher Zustand über ihn kommt. Kann es sein, daß die Krankheit so etwas wie ihr eigener Arzt ist? Daß Fieber nichts anderes ist als eine Art der Behandlung, die der Körper sich selber gewährt?

Niemand weiß bislang, was Fieber ist. Die meisten Gelehrten halten es für eine Krankheit. Günther ist jetzt anderer Meinung. Er versucht, das Fieber, in dem sich Hitze und Frost oft ununterscheidbar vermischen, dadurch zu steigern, daß er sein Zimmer unnatürlich stark heizt und sich zugleich ins Bett legt und alles, was er an Wäsche und Decken hat, über sich breitet. Wenn er dann das Gefühl hat, in einem wahren Höllenfeuer zu vergehen, springt er auf und stellt sich nackt ans offene Fenster, bis seine Zähne vor Kälte aufeinanderschlagen. So gelingt es ihm, sich selbst zu kurieren. Jedenfalls ist er dieser Überzeugung, als es ihm allmählich besser zu gehen beginnt.

Herbert Eisenreich

Die Kraft zum Widerstand

So lag ich in meinem Bett, nicht wach und nicht schlafend, aber auch nicht dösend, dämmernd, träumend, sondern bloß: nicht wach, so wie ich auch, ohne tot zu sein, nicht lebte. Was meine Augen sahen, sahn sie durch die herabgelassenen Lider, wie ganz grelles Licht durch die Lider bricht, konturlos, gestaltlos, undefinierbar. Und so sah ich auch das Mädchen vor mir stehen, das große, biegsame, hüftgelenke, hellblonde Mädchen mit den winzigen Goldkörnern in den Ohrläppchen, welches mit den Verwundeten, die dazu imstande waren, scherzte und harmlosen Unfug trieb; sie stand am Fußende meines Bettes, neben zwei Verwundeten und neben dem anderen Mädchen, und sie blickte mich an, und sie sagte, auf einmal allen Scherz und allen Unfug weit und bedenkenlos hinter sich lassend, zu sich selber, nicht zu den beiden humpelnden Männern, an denen sie plötzlich gar keinen Gefallen mehr finden konnte, und nicht zu dem anderen Mädchen, mit welchem sie keine Gemeinsamkeit, nicht einmal die des ungestillten Geschlechtes, mehr verband, sie sagte zu sich selber, oder zu jemandem, der in ihr wohnte, tief innerhalb von Scherz und Unfug und sogar von Reflexion, Absicht und Ziel, zu einem Wesen, das in ihrem Leibinnersten möglich war: »Schau dir diesen Jungen an! Schade um ihn.« Sie sprach es halblaut, aber laut in der Stille, die mit ihrem Stillesein eingetreten war, verharrte eine kleine stumme Weile, in einer tiefweltlichen Andacht, vor dem Bett und wandte sich dann ab: mit einem langsamen, engen Schwung, der einen endgültigen Verlust hinter sich ließ, der eine notwendige Abkehr von dem Unwiderruflichen enthüllte, jenseits von Trauer, Schmerz und Mitleid, aber aus einer tiefen natürlichen Erkenntnis des Unvermeidlichen, aus einer wahrhaftigen Einsicht, Einfühlung, Einordnung in den Lauf der Welt und ihrer Dinge, aus einem ehrlichen Einverständnis mit dem Schicksal, aus einer grenzenlosen Liebe heraus, welche außerhalb jeder männlichen Vorstellung, welche in Individuen denkt, in ihr gedieh und in ihr waltete. Ich aber spürte den doppelten Boden der Welt, welche unsere ist. In jenen Tagen hatte ich all mein Gewicht verloren und damit das Gefühl des Bodens unter mir, und dieser Verlust bedeutete ein währendes Fallen, aber nun war ich aufgeprallt auf den anderen Boden, nun hatte ich festen Grund unter mir verspürt, einen Grund, von dem ich mich abzuschnellen imstande sein mußte. Nun stand für mich das Spiel wieder auf Tod und Leben, so blieb es während der viertagelangen Fahrt im Lazarettzug, so blieb es in den Lazaretten daheim; die Schmerzen kehrten wieder, die Vertrautheit des Körpers kehrte wieder, die Fremdheit der Welt kehrte wieder; stumm lag ich in meinem Bett, aber ich hatte den Widerstand entdeckt, gegen den ich mich aufbäumen konnte: eigentlich war ich gerettet. Der Rest war eine Sache der Ärzte, der Medikamente, der Herztätigkeit und der Blutkörperchen.

Es war gefährlich nah dran

Ein Tag später, Schlag zwölf Uhr mittags, rief Tsugumi an.

Ich hatte mich kaum mit »Ja?« gemeldet, da kam mir schon ihr: »Na, alte Kuh, wie geht's!« entgegengeflogen.

Im Augenblick, als ich Tsugumis Stimme hörte, wurde mir jenseits aller Logik bewußt, wie furchtbar schrecklich es gewesen wäre, wenn ich diesen gewohnten, dünnen, hohen, geliebten Klang für immer verloren hätte. Es lärmte aus dem Hörer; am anderen Ende der Leitung hörte man Lautsprecherdurchsagen und weinende Kinderstimmen.

»Wo bist du? Rufst du etwa aus dem Krankenhaus an? Ist das auch in Ordnung? Geht es dir schon so gut?« sagte ich.

»Ja, ja, alles okay. Bin noch im Krankenhaus, läßt sich wohl bis auf weiteres nicht ändern – aber ... hast du ihn schon bekommen?« begann sie, ohne daß ich den blassesten Schimmer hatte, wovon sie sprach. »Diese blöde Krankenschwester hat bestimmt die Adresse nicht richtig mitgekriegt! Mit der Alten ist echt nichts los!«

»Wovon sprichst du überhaupt, Tsugumi?« fragte ich, während ich überlegte, ob das Fieber ihr womöglich zu Kopf gestiegen war. Tsugumi antwortete nicht. Da ihr Schweigen so lange dauerte, sah ich sie vor mir. Alle erdenklichen Szenen, in denen ich sie bisher erlebt hatte, tauchten vor mir auf und fügten sich zu einem einzigen

Bild ... ihr fließendes Haar, das brennende Strahlen ihrer Augen, die schmalen Handgelenke. Die Linie ihrer Knöchel, als sie mit nackten Füßen lief und lief, die blendend weißen Zähne, wenn sie lachte. Ihr grimmiges Profil mit den zusammengezogenen Brauen ... das Meer vor ihren Augen. Der Strand, an den die glitzernden Wellen schlugen ...

»Also, beinahe wäre ich gestorben«, hörte ich sie plötzlich mit Nachdruck sagen.

»Was redest du da? Mein Gott, wuselt quicklebendig im Krankenhausflur herum und labert vom Sterben. Also echt!« lachte ich.

»Quatsch, ich wär wirklich fast gestorben. Mir sind die Sinne geschwunden, weiter und weiter bin ich hinweggeglitten, bis ich einen riesigen, hellen Lichtstrahl erblickte: Ich wollte darauf zugehen, um alles in der Welt ... Doch als ich näher kam, rief mein verstorbenes Mütterlein: ›Nein, komm nicht, komm nicht!‹ ...«

»Mein Gott, willst du mich verarschen? Welches deiner Mütterlein ist denn gestorben?!« Aber ich war so froh, daß Tsugumi endlich wieder die alte war.

»Na ja, da hab ich vielleicht eine Kleinigkeit übertrieben, aber es war gefährlich nah dran, glaub mir! Von Tag zu Tag wurde ich schwächer, bis ich schließlich selbst überzeugt war, daß ich dran glauben müßte, echt!« beteuerte Tsugumi. »Und deshalb hab ich dir den Brief geschrieben.«

»Einen Brief? Mir?« Ich schrie fast vor Überraschung.

»Genau. Echt zu blöd jetzt, das Ganze. Ich hab's ja überlebt. ... Die bescheuerte Krankenschwester behauptet, sie habe ihn schon abgeschickt – na ja, ich hatte sie darum gebeten. Hab dann noch alles mögliche versucht, um ihn zurückzukriegen, war aber zwecklos. Und da ich deinen fiesen Charakter kenne, hat es absolut keinen Sinn, dir zu sagen, daß du ihn nicht öffnen, sondern sofort zerreißen sollst, sobald er ankommt – du würdest ihn sowieso lesen, deshalb lies ihn nur, ja, lies ihn!« sagte Tsugumi.

»Ja, was denn jetzt, Mensch!?« Tsugumi hatte mir einen Brief geschrieben ... Komisch, vor Aufregung pochte mir das Herz.

»Okay, okay, lies ihn nur«, verkündete Tsugumi gnädig und lachte. »Aber diesmal hatte ich wirklich das Gefühl, einmal gestorben zu sein. Deshalb ist der Brief vielleicht gar nicht so verkehrt. Es ist durchaus wahrscheinlich, daß ich mich von nun an ändern werde.«

Marlen Haushofer

Der Schock

Ich sagte X, daß ich mit ihm gehen würde, und er lachte. Es war kein schöner Anblick. Diesmal lagen seine Hände auf dem Tisch, und als ich sie sah, wußte ich, daß ich verrückt gewesen war und daß ich nie dort sein konnte, wo auch diese Hände waren. Plötzlich hörte X zu lachen auf und starrte mich an. Ich konnte nicht sehen, was in ihm vorging, denn seine Augen waren ganz schwarz und wie mit Silber beschlagen. Aber er konnte meine Augen sehen, und ich habe Augen, in denen man lesen kann.

Ich erschrak so sehr, daß ich mich nicht bewegen konnte. X sah auf seine Hände nieder und lachte. Vielleicht war es auch kein Lachen und sah nur so aus. Er sah seinen Händen zu, wie sie ganz langsam auf ein Wasserglas zukrochen, tastend und suchend, und wie sie endlich das Glas fanden, es umschlossen und zusammendrückten. Das Glas zerbrach, und Blut tropfte von seinen Händen. Das erinnerte mich an etwas, und ich fing zu schreien an. Ich war außer mir und wußte nicht, was ich tat. X sah fast erstaunt auf seine Hände nieder, dann stand er auf, und ich sah, daß er auf mich zukam, sein Gesicht war dunkelrot, und seine Lippen bewegten sich sehr schnell. Ein Blutrinnsal zog sich über den Tisch.

Dann trat das Wunder ein, das ich hätte wirken müssen. Ich konnte hören. Zuerst begriff ich es gar nicht, es waren nur wilde Geräusche, die da aus seinem Mund kamen. Endlich fing ich an, sie zu verstehen, und das half mir soviel, daß ich aufspringen konnte. »Da kommen Leute vorbei«, stieß ich heraus, »gehen Sie zurück, oder ich schreie.« Die Schritte kamen näher, und X starrte mich entsetzt an. Noch nie habe ich soviel Entsetzen in einem Gesicht gesehen. Aber da lief ich schon aus der Tür und rannte und rannte, ohne mich umzusehen.

Der Jäger war nicht daheim, und ich versteckte mich im Wald hinter dem Haus. Die Luft war voll von Geräuschen, und ich lachte und weinte und biß mich in die Finger. Gleich packe ich meinen Koffer, und morgen früh werde ich mit dem ersten Zug wegfahren. Der Jäger wird mich zur Bahn bringen müssen, allein gehe ich nicht auf diesem einsamen Weg.

Nun habe ich der Ordnung halber die Sache zu Ende geführt. Niemand wird mir den kleinen Ferdinand wieder wegnehmen können. Alles war ein böser Traum, ich werde ihn vergessen und ich werde auch vergessen, was X mir sagte, als er noch nicht wußte, daß ich wieder hören konnte. Bestimmt werde ich es vergessen.

Marie Luise Kaschnitz

Feuermal

23. Juli

Eine Wunde am eigenen Körper, etwa an der Hand, ist etwas Faszinierendes, immer wieder Anzuschauendes, besonders wenn sie statt sich hinter einem Verband zu verbergen, unter dem heute verwendeten Wundschutz, einem glasklaren Gelee frei daliegt, wie durch ein Fensterchen läßt sich alles wahrnehmen, der Prozeß der Verschlimmerung, dann der langsamen Heilung, das Eitergelb und Feuerrot, die Krustenbildung und Verwerfung, wie ein Stück Erdgeschichte, am eigenen Leibe erlebt. Die Haut, die mehreren Häute, bei mir durch ausströmenden Dampf zerstört, versuchen sich wieder herzustellen, werden infiziert und müssen die schädlichen Stoffe zuerst austreiben, violette Ränder zeigen die Vergiftung an. Das Fensterchen war durchlässig, schwitzte Feuchtigkeit aus, was unter ihm lag, veränderte sich von

Tag zu Tag, von Stunde zu Stunde, zeigte Gräben, Rillen, schwarze Punkte und weiße Flächen, streckte Zungen nach innen und außen, schien schon gebessert und schickte sich dann wieder an zu vielfacher kleiner Eruption. Es tat nicht weh, hätte also wohl vergessen werden können, wäre es nicht eben diese kleine Weltschöpfung, diese langsame Verwandlung von roh Zerklüftetem in die frühere glatte Oberfläche gewesen. Das Feuermal erschien, nachdem sich alles in eine kleine bräunliche Narbe zusammengezogen und sich diese Narbe, nicht ohne meine neugierige Nachhilfe, abgelöst hatte, noch einmal wieder, die darunter befindliche zarte neue Haut blieb, wie um zu zeigen, daß sie aus dem Feuer stammte, noch lange flammend rot, auch unnatürlich glatt, fast spiegelnd, wie ein in vertrautem Gelände plötzlich auftauchender unheimlicher See.

Wundersame Heilungen …

George Sand

Das Auflegen einer reinen und starken Hand

Zuerst legte die Fadette ihre Hand auf die des Zwillings, die am Rand des Bettes herabhing. Doch sie tat es so sacht, daß er nichts davon merkte, obgleich er einen so leichten Schlaf hatte, daß ihn eine Fliege, die an seinem Ohr vorbeiflog, wecken konnte. Die Hand Sylvinets war heiß wie Feuer und wurde noch heißer in der der kleinen Fadette. Er zeigte Unruhe, ohne indes zu versuchen, seine Hand zurückzuziehen. Dann legte ihm die Fadette ihre andere Hand auf die Stirn, genauso sanft wie das erstemal, und er bewegte sich noch mehr. Aber allmählich beruhigte er sich, und sie spürte, daß sich der Kopf und die Hand des Kranken von Minute zu Minute abkühlten und daß sein Schlaf so ruhig wurde wie der eines kleinen Kindes. Sie blieb so bei ihm, bis sie sah, daß er gleich erwachen würde. Darauf zog sie sich hinter den Vorhang zurück und verließ das Zimmer und das Haus, nachdem sie zu Mutter Barbeau gesagt hatte: »Geht zu Eurem Jungen hinein und gebt ihm etwas zu essen, denn er hat jetzt kein Fieber mehr. Sagt ihm aber kein Wort von mir, wenn Ihr wollt, daß ich ihn heile. Ich werde heute abend wiederkommen, falls sich sein Zustand wieder verschlechtert. Ich will dann noch einmal versuchen, das böse Fieber zu vertreiben.«

Mutter Barbeau war sehr erstaunt, Sylvinet fieberfrei zu finden, und sie gab ihm schnell etwas zu essen, was er sich mit einigem Appetit gefallen ließ. Seit sechs Tagen hatte ihn das Fieber zum erstenmal verlassen. Und da er in all der Zeit nichts hatte zu sich nehmen wollen, war man nun sehr beeindruckt von den Heilkünsten der kleinen Fadette, die ihn, ohne ihn zu wecken oder ihn etwas trinken zu lassen, einzig, wie man dachte, durch die Kraft ihrer Beschwörungen schon so weit gefördert hatte.

Als der Abend gekommen war, setzte das Fieber wieder ein, und zwar sehr heftig. Sylvinet phantasierte im Fieberschlaf, und beim Erwachen hatte er Furcht vor den Leuten, die ihn umstanden.

Die Fadette kam wieder und blieb wie am Morgen ein Stündchen mit ihm allein, ohne sich anderer Zaubermittel zu bedienen als ihrer sanften Hände. Sie hielt seine Hand und kühlte seine Stirn, indem sie ihren frischen Atem über sein glühendes Gesicht hinströmen ließ.

Und wie am Morgen nahm sie das Fieber von ihm, und als sie sich zurückzog, empfahl sie wieder, Sylvinet nichts von ihrer Hilfe zu sagen. Man fand ihn in friedlichem Schlummer, sein Gesicht war nicht mehr gerötet, und er wirkte nicht mehr krank.

Ich weiß nicht, wie die Fadette auf diesen Gedanken gekommen war. Er war ihr wohl zufällig und auf Grund ihrer Erfahrungen mit ihrem Brüderchen Jeanet gekommen. Den Kleinen hatte sie mehr als zehnmal vom Tode gerettet, und auch bei ihm hatte sie kein anderes Heilmittel angewendet, als daß sie ihn mit ihren Händen und mit ihrem Atem erfrischte oder ihn auf dieselbe Art wärmte, wenn das hohe Fieber zum Schüttelfrost wurde.

Sie stellte sich vor, daß die Liebe und die Willenskraft eines Menschen mit guter Gesundheit, das Auflegen einer reinen und starken Hand das Übel beseitigen könnte. Sie wußte aber auch, daß Hilfe nur von einem Menschen kommen konnte, der großes Vertrauen in die Güte Gottes besaß. Daher richtete sie die ganze Zeit, da sie die Hände auflegte, im Innern innige Gebete zum lieben Gott. Und was sie für ihren kleinen Bruder getan hatte und jetzt für den Bruder Landrys, hätte sie nicht bei einem andern Menschen versuchen mögen, der ihr weniger teuer war und dem sie nicht so großes Interesse entgegenbrachte. Denn sie fühlte, daß eine starke Zuneigung die Voraussetzung war, um helfen zu können. Liebe, die man in seinem Herzen dem Kranken anbot, ohne die Gott keine Macht über die Krankheit gab.

Und als die kleine Fadette auf diese Weise das Fieber Sylvinets bannte, sagte sie Gott in ihrem Gebet dasselbe, was sie ihm gesagt hatte, als sie das Fieber ihres Bruders bezwang: »Lieber Gott, mache, daß meine Gesundheit aus meinem Körper in diesen leidenden Körper übergeht, und wie der sanfte Herr Jesus dir sein Leben angeboten hat, um die Seelen aller Menschen zu erlösen, so nimm auch mir, wenn dies dein Wille ist, das Leben, um es diesem Kranken zu geben; ich gebe es dir aus ganzem Herzen zurück im Tausch gegen seine Heilung, um die ich dich bitte.«

Roger Martin du Gard

Der Pastor am Krankenbett

Gegen fünf Uhr morgens erhob er sich, breitete eine Decke, die auf den Boden geglitten war, wieder über das Kind und öffnete das Fenster. Die kalte Nachtluft drang in das Zimmer ein. Madame de Fontanin, die noch auf den Knien lag, hatte keine Bewegung gemacht, um den Pastor zurückzuhalten.

Er trat auf den Balkon. Die Dämmerung war noch unentschieden, der Himmel von einem metallischen Grau; die Straße höhlte sich wie eine dunkle Schlucht. Aber über dem Luxembourggarten lichtete sich der Horizont; leichte Nebel stiegen aus der Allee und hüllten die schwarzen Baumgruppen auf den Höhen in wattiges Weiß. Gregory spannte die Arme, um nicht zu frösteln, und seine beiden Fäuste klammerten sich um das Gitter. Die Morgenkühle, die ein leichter Wind herantrug, badete seine feuchte Stirn, sein von der Nachtwache und dem Gebet durchfurchtes Antlitz. Schon lag es bläulich auf den Dächern, die Jalousien zeichneten sich hell auf den verräucherten Mauern der Häuser ab.

Der Pastor wandte sein Antlitz gegen Osten. Aus den dunklen Gründen der Nacht floß Licht hervor wie ein breites Tuch, ein rosiges Licht stieg zu ihm empor, das bald den Himmel überstrahlte. Die ganze Natur wachte auf; Milliarden fröhlicher Atome funkelten in der Morgenluft. Und plötzlich schwellt ein neuer Hauch seine Brust, eine übermenschliche Kraft durchdringt ihn, trägt ihn und hebt ihn über sich selbst hinaus. Er fühlt einen

Augenblick lang grenzenlose Möglichkeiten in sich: sein Gedanke gebietet dem Weltall, er kann alles wagen, dem Baume zurufen: Zittre! und er wird zittern; diesem Kinde sagen: Erhebe dich! und es wird aufstehen. Er streckt den Arm aus, und wie wenn sich seine Gebärde darin fortsetzte, erbebt plötzlich das Laub der Allee. Aus dem Baum zu seinen Füßen steigt ein Vogelschwarm empor mit berauschtem Gezwitscher.

Da tritt er an das Bett, legt die Hand auf das Haar der noch immer knienden Mutter und ruft:

»Halleluja, dear! Die völlige Reinigung ist vollzogen!«

Er geht auf Jenny zu.

»Die Finsternis ist vertrieben! Gib mir deine Hände, liebes Herz.« Und das Kind, das seit zwei Tagen fast kein Wort mehr verstand, hält ihre Hände hin. »Sieh mich an!« Und die eingesunkenen Augen, die nicht mehr zu sehen schienen, heften sich auf ihn. »Er wird dich vom Tode erlösen, und die wilden Tiere auf dem Lande werden Frieden mit dir halten. Du bist gesund, kleines Wesen! Es gibt keine Finsternis mehr! Ehre sei Gott! Betet!« Der Blick des Kindes hat wieder einen bewußten Ausdruck, es bewegt die Lippen; es scheint wirklich, als mache es einen Versuch zu beten. »Jetzt, my darling, die Augen zu. Ganz leise ... So ist es gut ... Schlaf, my darling, es steht dir nichts mehr entgegen! Jetzt heißt es vor Freude schlafen!«

Einige Minuten später schlummerte Jenny zum erstenmal seit achtundvierzig Stunden. Der Kopf ruhte unbeweglich, weich ins Kissen geschmiegt; der Schatten der Wimpern lag auf den Wangen, und durch die Lippen ging gleichmäßiger Atem. Sie war gerettet.

Die Heilung des Gelähmten im Tempel

Petrus und Johannes gingen um die neunte Stunde zum Gebet in den Tempel hinauf. Da wurde ein Mann herbeigetragen, der von Geburt an gelähmt war. Man setzte ihn täglich an das Tor des Tempels, das man die Schöne Pforte nennt; dort sollte er bei denen, die in den Tempel gingen, um Almosen betteln. Als er nun Petrus und Johannes in den Tempel gehen sah, bat er sie um ein Almosen. Petrus und Johannes blickten ihn an, und Petrus sagte: Sieh uns an! Da wandte er sich ihnen zu und erwartete, etwas von ihnen zu bekommen. Petrus aber sagte: Silber und Gold besitze ich nicht. Doch was ich habe, das gebe ich dir: Im Namen Jesu Christi, des Nazoräers, geh umher! Und er faßte ihn an der rechten Hand und richtete ihn auf. Sogleich kam Kraft in seine Füße und Gelenke; er sprang auf, konnte stehen und ging umher. Dann ging er mit ihnen in den Tempel, lief und sprang umher und lobte Gott. Alle Leute sahen ihn umhergehen und Gott loben. Sie erkannten ihn als den, der gewöhnlich an der Schönen Pforte des Tempels saß und bettelte. Und sie waren voll Verwunderung und Staunen über das, was mit ihm geschehen war.

Masaccio
Der heilige Petrus heilt mit seinem Schatten
um 1424/28

Franz Werfel

Das erste Wunder von Lourdes

In dem Zimmer der Bouhouhorts finden sich schon die Nachbarinnen ein, um nach altem Brauch das Totenhemdchen des Kindes zu nähen, wenn es soweit ist. Und es scheint bereits soweit zu sein. Verhängnisvollerweise war Mutter Soubirous heute nicht zu Hause, als der neue Anfall kam, der schlimmste, den das elende Geschöpf je zu erdulden hatte. Die Bouhouhorts glaubt fest an die heilkräftigen Griffe und Mittel der Madame Soubirous. Sie zürnt ihr unaussprechlich, weil sie, als die große Not kam, nicht zu Hause gewesen ist. Denn was half es, daß sie selbst getreulich alle Mittel der Soubirous anwandte, heiße Packungen, unablässiges Geschüttel des verkrampften und doch fiebernden Körperchens? Obwohl sie die Mutter ist, hat sie doch die richtige Hand nicht. Alles war vergebens. Nun liegt das Kind da, mit schnellen, gurgelnden Atemzügen, die Augen nach oben verdreht, so daß man nur das Weiße sieht. Trotz des Fiebers ist das verschrumpfte Gesichtchen braungelb.

Neben dem verzweifelten Weib steht der Mann Bouhouhorts, einer von den Schieferbrechern, die meistens auswärts arbeiten und nur einmal in der Woche nach Hause kommen. Der Mann Bouhouhorts ist gottsfroh in seinem Herzen, daß dieses Elend im Sterben liegt, daß man endlich befreit sein wird von der Sorge und Seelenlast, wenn man heimkehrt nach der schweren Arbeit. Der Mann Bouhouhorts ist kein Unmensch, und was ihm da vor Augen stirbt, ist sein eigener Sohn. Aber was bedeutet schließlich ein zweijähriges Kind? Man ist selbst achtundzwanzig alt und kann Söhne und Töchter machen, soviel man will, wenn Gott das Weib von dem Alpdruck erlöst hat. Die Weiber sind einmal so. Sie klammern sich mit Löwenkräften an einen solchen Alpdruck; er füllt ihr Leben so mächtig aus, daß sie sich sogar dem Manne verwehren. Bouhouhorts klopft seine Croisine zärtlich auf den Rücken. Sie ächzt mit gehetzter Stimme:

»Geh noch einmal zu Dozous, Bouhouhorts, oder zu Peyrus, vielleicht kommt einer von ihnen ...«

»Wozu das«, zuckt der Mann die Achseln, »Peyrus ist über Land, und Dozous hat Sprechstunde. Und du siehst ja, es ist zu spät. Der Kleine röchelt schon. Das nennt man Agonie ...«

Françoinette Gozos, die Tochter des Bouchers, eine der Nachbarinnen, erhebt ihre Stimme zum üblichen Trost:

»Was jammerst du, liebe Croisine? Sei doch glücklich! Willst du, daß dein Kind sich als armer Krüppel durchs Leben schleppt? Es ist getauft und ohne Sünde. Als Engel wird's dort oben auf dich warten ...«

Die Mutter preßt ihren Kopf auf das Bett des Kindes. Leicht haben's diese Frauen, sie zu trösten, wie Françoinette Gozos oder die Germaine Raval. Sie erfleht ja nichts Besseres vom Himmel in diesem Augenblick, als daß ihr Kleiner sich als Krüppel durchs Leben schleppe. Wenn er nur am Leben bleibt! Sie hat durchaus nicht den Wunsch, einen Engel im Himmel zu besitzen, der dort oben auf sie wartet. Wilde Phantasien durchrasen ihren Geist. Ein Bild wiederholt sich immer wieder: Bernadette, wie sie den Kopf in das Quellenbecken taucht und sich wäscht. Plötzlich schlägt der Blitz der Erkenntnis in das Herz der Bouhouhorts. Dieses Tauchen und Waschen ist kein zwecklos heiliges Spiel, sondern ein sehr zweckmäßiges Rezept, das die Dame durch Bernadette ununterbrochen der Menge anempfiehlt ...

Mit einem Schrei springt Croisine Bouhouhorts auf die Beine. Ihr Entschluß ist gefaßt. Sie reißt ihr Kind aus dem großen Korb, der ihm zum Bette dient, wickelt es in die Schürze und stürzt aus dem Haus. Der Blitz der Erkenntnis ist so grell, daß sie sich nicht einmal Zeit nimmt, den Kleinen in eine warme Decke zu hüllen. Jean Bouhouhorts und die Nachbarinnen, überzeugt, daß der Schmerz Croisine um den Verstand gebracht hat, rennen ihr schreiend nach. Sie aber läuft tatsächlich mit den Sprüngen einer Wahnsinnigen durch die Gassen. Das Aufsehen in der erregten Stadt ist groß. Niemand aber hält sie auf. Der Vorsprung dieser Wettläuferin mit dem Tode wird immer beträchtlicher. Nicht einmal ihr Mann kann sie einholen. Eine große Menschenmenge drängt nach zur Grotte.

Vor dem Wasserbehälter stürzt das Weib zu Boden, schweißübergossen, atemlos, halbtot. Es hat gerade noch Kraft genug, das Kind bis zum Hals ins Becken einzutauchen.

»Nimm ihn oder gib ihn mir zurück, Jungfrau«, lallt die Sinnverwirrte. Sie beachtet die Frauen nicht, die auf sie einreden:

»Ihr tötet den Kleinen, Bouhouhorts ... Das Wasser ist ja eiskalt ...«

»Wenn ich ihn nicht retten kann, töte ich ihn, was liegt daran«, keucht die Croisine immer wieder. Man will ihr das Kind entreißen. Sie bleckt die Zähne und faucht. Es ist gefährlich, ihr nahe zu kommen. Endlich lassen die Leute sie gewähren. Totenstill wird's. Nur das kurze, agonische Röcheln des Kleinen ist zu hören. Dann hört man auch dieses Röcheln nicht mehr.

Plötzlich sagt eines der Weiber beim Becken:

»Heilige Jungfrau ... der Kleine hat geschrien ...«

Und wirklich, das fadendünne Quäken eines Neugeborenen wird wenige Sekunden lang vernehmbar. Die Leute schaun einander an und sind blaß. Die Bouhouhorts – das Bad hat genau eine Viertelstunde gedauert – wickelt das Kind wieder in ihre Schürze, preßt es an ihre Brust und jagt davon. Als die schwerer bewegliche Menge das Haus neben dem Cachot erreicht hat, wo die Bouhouhorts wohnen, steht Croisine schon mit ausgebreiteten Armen schirmend vor der Tür und flüstert:

»Ruhe doch! Er schläft ... Mein Kind schläft ...«

Das Kind Bouhouhorts schläft den Rest des Tages und die ganze Nacht durch. Am Morgen trinkt es, gierig wie noch nie, zwei volle Gläser Milch aus. Der Mann Bouhouhorts geht darauf zur Arbeit. Einige Minuten später holt Croisine Wasser vom Brunnen Vater Babous. Als sie zurückkommt, sieht sie, daß der Kleine in seinem Korb sich aufgesetzt hat, zum erstenmal im Leben. Sie möchte schrein, kann's nicht. Das Kind lacht wie ein Sieger. Der Brust des Weibes entringen sich kurze, rauhe Laute, jammernd vor Seligkeit. Die erste Heilung, das erste Wunder ist geschehen. In Lourdes.

Gustav Schwab

Heilung durch das Orakel

Noch ehe der Kampf zwischen beiden Völkern seinen Anfang nahm, wurden die Griechen durch die Ankunft eines werten Gastes überrascht. Der König Telephos von Mysien, der sie so großmütig unterstützt hatte, war seitdem an der Wunde, die ihm der Speer des Achilles geschlagen, unheilbar krank gelegen, und die Mittel, die ihm Podaleirios und Machaon aufgelegt hatten, taten schon lange keine Wirkung mehr. Gequält von den unerträglichsten Schmerzen hatte er ein Orakel des Phoibos Apollon, das in seinem Lande war, befragen lassen, und dieses hatte ihm die Antwort erteilt, nur der Speer, der ihn geschlagen, vermöge ihn zu heilen. So dunkel das Wort des Gottes lautete, so trieb ihn doch die Verzweiflung, sich einschiffen zu lassen und der griechischen Flotte zu folgen. So kam denn auch er bei der Mündung des Skamander an und ward in die Lagerhütte des Achilles getragen. Der Anblick des leidenden Königs erneuerte den Schmerz des jungen Helden. Betrübt brachte er seinen Speer herbei und legte ihn dem König zu den Füßen seines Lagers, ohne Rat zu wissen, wie man sich desselben zur Heilung der eiternden Wunde bedienen sollte. Viele Helden umstanden ratlos das Bett des gepeinigten Wohltäters, bis es Odysseus einfiel, aufs neue die großen Ärzte des Heeres zu Rate zu ziehen. Podaleirios und Machaon eilten auf seinen Ruf herbei. Sobald sie das Orakel Apolls vernommen, verstanden sie als weise, vielerfahrene Söhne des Asklepios seinen Sinn, feilten ein wenig Rost vom Speere des Peliden ab und legten ihn sorgfältig verbreitet über die Wunde. Da war ein Wunder zu schauen: so wie die Feilspäne auf eine eiternde Stelle des Geschwürs gestreut wurden, fing diese vor den Augen der Helden zu heilen an, und in wenigen Stunden war der edle König Telephos, dem Orakel zufolge, durch den Speer des Achilles von der Wunde desselben Speeres genesen. Jetzt erst war die Freude der Helden über den großmütigen Empfang, der ihnen in Mysien zuteil geworden war, vollkommen. Gesundet und froh ging Telephos wieder zu Schiffe, und wie jüngst die Griechen ihn, so verließ jetzt er sie unter Danksagungen und Segenswünschen, in sein Reich Mysien zurückkehrend. Er eilte aber, nicht Zeuge des Kampfes zu sein, den seine lieben Gastfreunde gegen den ebenso geliebten Schwäher beginnen würden.

Franz Hessel

Der siebente Zwerg

Ich bin der siebente Zwerg.

Daß Schneewittchen bei uns war und wie es ihr erging, das wißt ihr alle. Aber mich kennt ihr nicht.

In meinem Bettchen hat sie geschlafen, nachdem sie die sechs andern versucht und zu klein gefunden hatte. Meines war auch zu klein. Aber sie blieb drin. Und ich lag bei dem sechsten Bruder und konnte nicht schlafen, so viel mußt' ich hinüberschauen nach dem schönen Menschenkind.

Moosweibchen kannt' ich wohl. Die sind süß-träg, aber allzu anhänglich. Gnomenweibchen auch, die sind geschäftig und munter, aber sie halten nicht still. Den tanzenden Elfen auf feuchter Mondwiese hab' ich bisweilen zugesehn. Ihre Schleier sind nicht zu fassen, so dünn, so unbestimmt. Aber dies Menschenkind ... Wie sie uns Kußhände nachwarf am andern Morgen, als wir zur Arbeit gingen! Ich war der letzte in der Tür. Mein Herz pochte heftig wie ein kleiner Silberhammer.

Unsern Haushalt hat sie reizend geführt. Immer gab es Blumen auf dem Tisch. Aber in den Ecken war nicht gut ausgefegt. Das mußten der sechste und ich nachholen. Ich tat's gern.

Ihr wißt, wie wir dann Unglück hatten mit dem Schneewittchen. Den Giftkamm der bösen Königin, ich zog ihn selbst aus Schneewittchens Haar, das mich dabei ganz bedeckte.

Den Schnürleib, darin die Hexe sie ersticken wollte, ich löst' ihn ihr ab, ich zuerst von allen sieben entdeckte die zwängenden Schnüre.

Dann aber kam das mit dem vergifteten Apfel. Da war nicht zu helfen. Da war sie so gut wie tot. Und wir bauten den gläsernen Sarg. Als wir sie darin über Land trugen, da kam dieser Ausbund von Schönheit, der Königssohn: hellblaue Federn am Hut, glattes Wams, Puffärmel, pralle Trikots, überall prall.

Die Brüder schenkten dem Verliebten gern den Sarg mit Schneewittchen, weil er so sehr darum bat. Mir war's nicht recht.

Ich lief hinter den Sargträgern her. Sie schritten schnell mit ihren langen Menschenbeinen. Ich mußte hüpfen.

Ich wollt' aber um alles noch einmal Schneewittchens Gesicht sehn. Geschwind, geschwind sprang ich durch die hohen Gräser und über die dicken Baumwurzeln mit meiner kleinen Laterne.

Als ich die Langbeinigen endlich überholt hatte und vor ihren Füßen vorbeisprang, um von vorn hineinzuleuchten in das gläserne Grab, da erschrak der nächste der Träger und stolperte. Die anderen bekamen den Ruck ab. Der Sarg schaukelte auf ihren Schultern. Sie setzen ihn ab. Sie sehn hinein. Ich seh' durch ihre Beine hindurch auch hinein. Der Deckel geht auf. Schneewittchen lebt, hat das Stück Apfelgrütz in der Hand, das ihr aus dem Munde gefahren ist. Sie sagt ihr »Wo bin ich?« Der schöne Königssohn sagt sein »Bei mir!« Sie sinkt in seine Arme. Er hebt sie auf sein Roß.

Ich aber blieb stehn und hatte das Nachsehn. Und daß sie auch diesmal mir das Leben verdankte und ihren schönen Prinzen dazu, das weiß Schneewittchen bis auf den heutigen Tag nicht. Auch nicht, wie sehr ich sie geliebt habe.

Die sieben Zwerge, an die denkt sie wohl manchmal, wenn die Kinder singen: Hinter den Bergen, bei den sieben Zwergen. – Aber mich, den einen, den siebenten, den hat sie gewiß längst vergessen.

… und rätselhafte Heilmethoden

Gudrun Pausewang

… bis die ganze Krankheit in den Frosch hineingezogen ist

Es dauerte noch keine Stunde, da war der Mulatte mit der Alten wieder da, und in ihr Kopftuch eingewickelt trug sie einen Frosch. Die Hosenbeine des Mulatten waren naß und schlammig.

»Habt ihr einen schwarzen gefunden?« fragte der Dichter.

»War nicht aufzutreiben«, antwortete der Mulatte mürrisch.

»Aber er ist wenigstens dunkelgrün.«

»Und groß«, fügte die Alte hinzu, hob das Bündel auf den Tisch und ließ alle hineinschauen.

»Wenn sie den sieht«, sagte Teotocópulos, »dann ist sie vor Schreck vollends tot.«

»Laß uns hinaufgehen«, sagte der Dichter.

»Was ich noch brauche«, sagte die Alte, »sind eine Nadel und zwei lange Fäden, der eine aus Nähseide, der andere aus Wolle.«

Teotocópulos kramte in Schrank und Kommode herum und förderte schließlich Nadel, Wolle und Nähseide zutage.

»Hast du Milch im Haus?« fragte die Alte.

»Milch?« rief Teotocópulos. »Wie käme ich dazu? Hier gibt's doch keine Kinder!«

»Dann mußt du Milch besorgen, frische Kuhmilch, mindestens zwei Liter. Die mußt du in einen Topf tun. Und der Tontopf muß einen Deckel haben, der dicht schließt.«

»Da sind mir Ärzte lieber«, seufzte Teotocópulos. »Die bringen alles mit, was sie brauchen.«

Er machte sich auf den Weg, um Milch und einen Tontopf aufzutreiben. Inzwischen begab sich die Alte mit dem Dichter und dem Mulatten zu der Kranken, die noch immer stöhnte.

»Nagle mir einen Nagel in die Decke«, sagte die Alte zu dem Mulatten, »aber genau über dem Magen der Dame.«

Der Dichter bekräftigte ihre Anordnung mit einer Handbewegung. Der Mulatte polterte, ohne aufzumucken, hinunter und holte Hammer und Nagel aus der Werkstatt nebenan. Sie rückten das Bett beiseite und schoben den Tisch an dessen Stelle. Der Dichter kletterte darauf und trieb einen gewaltigen Nagel in die Decke. Währenddessen ließ sich die Alte auf dem Bettrand nieder, bedeckte Doña Agatas Gesicht mit ihrem Kopftuch, fädelte die Nähseide ein, packte den Frosch, der sich inzwischen davongemacht hatte und im Zimmer herumhüpfte, mit einem sicheren Griff und nähte ihm das Maul zu.

Teotocópulos, der mit dem Milchtopf zurückkam, prallte entsetzt zurück.

»Na und?« fragte die Alte gelassen. »Das Doktorhandwerk braucht starke Nerven. Ich hab sie.«

Darauf umwickelte sie mit geübten Händen jede einzelne Zehe des Frosches mit Wolle und band alle Zehen jedes Fußes zusammen. Schließlich band sie auch die vier

Füße aneinander und ließ das Tier an einem Faden baumeln.

»Schnell, schiebt das Bett darunter«, rief die Alte.

Alle griffen zu und schoben den Magen Doña Agatas genau unter den Frosch. Die Alte schubste das Tier an, bis es sich heftig um sich selbst drehte. Dann murmelte sie ein paar Worte, die keiner verstand. Der Mulatte schaute ihr mit offenem Munde ehrfürchtig zu.

»Und wozu soll das alles, mit Verlaub, gut sein?« fragte er.

»Der Frosch zieht die Krankheit an«, antwortete sie. »Je schneller er sich dreht, um so schneller zieht er sie an. Jetzt müssen wir abwarten, bis die ganze Krankheit in den Frosch hineingezogen ist.«

Sie hielt die Arme über der Brust verschränkt und beobachtete das Tier mißtrauisch. Teotocópulos starrte auf Doña Agata, die sich stöhnend wand. Der Mulatte dachte angestrengt nach. »Es könnte aber sein, daß es der Krankheit in dem Frosch nicht gefällt«, sagte er, »und sie wieder umkehrt. Was machst du dann?«

»Tja, mein Lieber«, lächelte die Alte, »da habe ich schon vorgesorgt: Sie könnte nur aus dem Maul heraus, aber das habe ich zugenäht.«

»Wenn sie aber so aus dem Frosch hinausgeht, wie sie jetzt hineinkommt?«

»Du meinst, durch die Haut? Wenn der Frosch die Krankheit also wieder ausschwitzen sollte? Dazu kommt es gar nicht erst, denn bis es so weit ist, sitzt er schon längst in der Milch.«

Der Mulatte schluckte.

Sie ließ den Frosch noch eine Weile um sich selbst wirbeln.

»Es geht alles in Ordnung, das Übel zieht ab«, sagte sie und schaute sich mit Genugtuung um. »Sie quält sich schon längst nicht mehr so sehr, die Arme.«

Tatsächlich wurde Doña Agata ruhiger. Der Dichter atmete auf. Die Alte wartete, bis die Kranke ganz still lag. Sie lüftete das Tuch, warf einen Blick in Doña Agatas Gesicht und bedeckte es wieder.

»Sie schläft«, sagte sie zufrieden. »Es ist alles aus ihr raus. Stellt den Milchtopf neben das Bett.«

Sie riß den Faden, an dem der Frosch hing, vom Nagel, hob den Deckel und versenkte den Frosch, der immer noch zappelte, in die Milch. Er verschwand, die Milch schlug Wellen.

»Darin wird er sich nicht wohl fühlen«, sagte Teotocópulos.

»Soll er auch nicht«, antwortete die Alte und drückte den Deckel auf den Topf. »Im Gegenteil: In der Milch hält er sich nicht lange. In spätestens einer halben Stunde ist er tot, und die Krankheit geht dann auch gleich mit kaputt, denn durch die Milch kann sie nicht durch.«

Das leuchtete allen drei Zeugen ein.

»Und jetzt«, sagte die Alte, »muß der ganze Topf eingegraben werden, auf alle Fälle, damit die Krankheit endgültig weg ist.«

»Grab ein Loch im Hof«, sagte der Dichter zu dem Mulatten.

»Das müßt ihr euch heute schon selber graben«, antwortete der, breit grinsend, und zeigte auf seinen Arm.

»Und was mich betrifft«, sagte die Alte, »habe ich alles gemacht, was sich in dieser Lage tun läßt, und bin nun fertig.«

Sie nahm das Tuch vom Gesicht Doña Agatas, das nicht mehr grünlich war. Sie führten sie, die vorsichtig den Topf vor sich hertrug, die Treppe hinunter und nahmen ihr unten das Gefäß ab.

Giacomo Girolamo Casanova

Der nächtliche Besuch der Fee

In den ersten Augusttagen des Jahres 1733 setzte mein Erinnerungsvermögen ein. Ich war also acht Jahre und vier Monate alt. Ich erinnere mich an nichts, was mit mir vorher geschehen sein mag. Hier nun die Geschichte selbst.

Ich stand in der Ecke eines Zimmers, zur Wand gebeugt, stützte meinen Kopf und starrte auf das Blut, das mir reichlich aus der Nase floß und auf den Boden tropfte. Marzia, meine Großmutter, deren Liebling ich war, kam mir zu Hilfe, wusch mir das Gesicht mit kühlem Wasser, ließ mich, ohne daß jemand etwas davon wußte, in eine Gondel steigen und brachte mich nach Murano, einer dichtbesiedelten Insel, etwa eine halbe Stunde von Venedig entfernt.

Nach Verlassen der Gondel gingen wir in eine elende Hütte; dort saß eine alte Frau auf einem zerlumpten Bett und hielt eine schwarze Katze auf dem Arm, während weitere fünf oder sechs Katzen um sie herumschlichen. Sie war eine Hexe. Die beiden alten Frauen führten miteinander ein langes Gespräch, in dem es wohl um mich ging. Nach dieser Unterredung in friaulischer Sprache erhielt die Hexe von meiner Großmutter einen Silberdukaten; dann öffnete sie eine Truhe, hob mich auf, setzte mich hinein und schloß sie mit den Worten, ich solle keine Angst haben. Gerade damit hätte sie mir Furcht eingejagt, wenn ich etwas klarer im Kopf gewesen wäre; aber ich war ganz benommen. Ich verhielt mich ruhig und drückte mein Schnupftuch an die Nase, weil ich blutete, ganz unberührt von dem Lärm, den ich von draußen vernahm. Ich hörte abwechselnd Lachen und Weinen, dann Schreien, Singen und Schläge auf der Truhe. Mir war das alles gleichgültig. Endlich holte man mich heraus; das Bluten hörte auf. Da überhäufte mich das sonderbare Weib mit tausend Zärtlichkeiten, kleidete mich aus, legte mich auf das Bett, verbrannte allerlei Räucherwerk, fing den Rauch in einem Tuch auf, wickelte mich darin ein, murmelte einige Zaubersprüche, wickelte mich dann wieder aus und gab mir fünf sehr wohlschmeckende Stücke Konfekt. Gleich darauf rieb sie mir die Schläfen und den Nacken mit einer Salbe ein, die einen köstlichen Duft ausströmte, und zog mich wieder an. Sie sagte mir, das Bluten werde von nun an immer schwächer auftreten, vorausgesetzt, daß ich keinem Menschen erzählte, was sie zu meiner Heilung getan habe; sie drohte mir andererseits, ich würde mein ganzes Blut verlieren und sterben, falls ich es wagte, irgendwem ihre Geheimnisse zu verraten. Nachdem sie mir das eingeschärft hatte, kündigte sie mir für die kommende Nacht den Besuch einer lieblichen Dame an, von der mein künftiges Glück abhinge, wenn ich die Kraft aufbrächte, niemandem von diesem Besuch etwas zu erzählen. Dann brachen wir auf und kehrten nach Hause zurück.

Kaum lag ich im Bett, schlief ich schon ein, ohne überhaupt noch an den schönen Besuch zu denken, den ich erhalten sollte; aber als ich einige Stunden später aufwachte, sah ich, oder glaubte zu sehen, wie eine wunderschöne Frau, in weitem Reifrock und in prächtige Stoffe gehüllt, vom Kamin herabstieg. Auf dem Haupt trug sie eine mit Edelsteinen übersäte Krone, aus denen Funken zu sprühen schienen. Langsam und majestätisch trat sie mit holder Miene näher und setzte sich auf mein Bett. Sie zog einige kleine Kästchen aus einer Tasche, leerte sie über meinem Kopf aus und murmelte dazu Sprüche. Dann hielt sie mir noch eine lange Rede, von der ich nichts verstand, küßte mich und verschwand, wie sie gekommen war. Ich schlief wieder ein.

Als meine Großmutter am nächsten Morgen an mein Bett trat, um mich anzuziehen, gebot sie mir als erstes Schweigen. Sie drohte mir mit dem Tode, wenn ich auszuplaudern wagte, was ich in der Nacht erlebt haben mußte. Diese Drohung, von der einzigen Frau ausgesprochen, die unbegrenzten Einfluß auf mich besaß und die mich dazu erzogen hatte, allen ihren Anordnungen blindlings zu gehorchen, bewirkte erst, daß ich mich an die Erscheinung erinnerte und sie nun gleichsam versiegelt im verborgensten Winkel meines erwachenden Gedächtnisses bewahrte. Übrigens fühlte ich mich auch gar nicht versucht, die Sache irgend jemandem mitzuteilen. Weder wußte ich, ob man sie überhaupt interessant finden würde, noch, wem ich sie hätte erzählen sollen. Meine Krankheit machte mich sauertöpfisch und ganz ungesellig. Jedermann bedauerte und mied mich zugleich; man glaubte, ich würde nicht lange leben. Mein Vater und meine Mutter sprachen nie mit mir.

Nach der Fahrt nach Murano und dem nächtlichen Besuch der Fee überfiel mich zwar noch Nasenbluten, aber immer seltener; und mein Gedächtnis entwickelte sich nun stetig. Binnen weniger als einem Monat lernte ich lesen. Es wäre lächerlich, meine Heilung jenen beiden Narreteien zuzuschreiben; doch wäre es auch Unrecht zu behaupten, sie könnten nicht dazu beigetragen haben. Was die Erscheinung der schönen Fee betrifft, so habe ich sie zeit meines Lebens für einen Traum gehalten, falls es nicht ein eigens für mich veranstalteter Mummenschanz war; doch die Heilmittel gegen besonders schwere Krankheiten findet man nicht immer in Apotheken.

Carlo Levi

Das Abracadabra der Volksmagie

Ich war in diesen Monaten unter den Lehren von Julia und der andern Frauen, die zu mir ins Haus kamen, und bei dem, was ich täglich in den Bauernfamilien und an den Krankenbetten sah, wirklich zum Meister geworden in all dem, was die Volksmagie und ihre Anwendung auf die Heilkunst betrifft; und so hätte ich dem Rat der Julia folgen können, den sie mir übrigens ganz ernsthaft gab, wobei sie ihre bösen, schmachtenden und kalten Augen auf mich heftete: »Du solltest Hexenmeister werden.« – Mit dem gleichen Ernst sagte Julia zu mir, als sie mich singen hörte: »Schade, daß du nicht Priester geworden bist, du hast eine schöne Stimme.« – Für sie war der Priester ein Schauspieler, der in würdiger Weise für alle Gottes Lob sang. Priester, Arzt und Zauberer: für Julia hätte ich alle Tugenden des orientalischen Rofé, des Wundertäters, in mir vereint.

Die Volksmagie heilt ein bißchen alle Krankheiten und fast immer allein durch die Kraft von Formeln und Zaubersprüchen. Es gibt solche für bestimmte Krankheiten und andere, die allgemein gelten. Einige sind meiner Meinung nach lokalen Ursprungs, andere gehören in den klassischen Bestand magischer Formeln, die auf unbekannten Pfaden und zu unbestimmter Zeit hierher gelangt sind. Von diesen klassischen Amuletten war das gebräuchlichste das Abracadabra. Beim Besuch der Kranken bemerkte ich oft ein Blättchen Papier oder ein kleines Metallplättchen, meist an einer Schnur um den Hals hängen, auf dem folgende Formel in Dreiecksform geschrieben oder eingeritzt stand:

A
A B
A B R
A B R A
A B R A C
A B R A C A
A B R A C A D
A B R A C A D A
A B R A C A D A B
A B R A C A D A B R
A B R A C A D A B R A

Anfangs versuchten die Bauern, dies Amulett vor mir zu verstecken und entschuldigten sich beinah, daß sie es trugen; denn sie wußten, daß die Ärzte gewöhnlich diesen Aberglauben verachten und im Namen von Vernunft und Wissenschaft dagegen donnern. Und damit haben sie natürlich völlig recht an Orten, wo Vernunft und Wissenschaft den gleichen magischen Charakter wie die gewöhnliche Magie annehmen können: aber hier sind sie noch keine verehrten Gottheiten, auf die man hört, und sie werden es vielleicht nie sein.

Daher respektierte ich das Abracadabra, gab seinem Alter und seiner dunklen, geheimnisvollen Einfachheit die Ehre und war lieber sein Verbündeter als sein Feind; die Bauern waren mir dafür dankbar, und vielleicht gereichte es ihnen tatsächlich zu einigem Nutzen. Übrigens sind die Zauberpraktiken hierzulande alle unschuldig: die Bauern erblicken in ihnen keinerlei Widerspruch zur offiziellen Heilkunde. Die Gewohnheit, jedem Kranken für jede Krankheit, auch wenn es nicht nötig ist, ein Rezept zu geben, ist eine magische Gewohnheit, um so mehr, wenn das Rezept wie in alten Zeiten lateinisch oder doch wenigstens in unlesbarer Schrift geschrieben war. Beim größten Teil der Rezepte würde es zur Heilung des Kranken schon genügen, wenn sie nicht in die Apotheke getragen, sondern ebenso wie das Abracadabra an einem Schnürchen um den Hals gehängt würden.

Außer dem Abracadabra gab es noch zahlreiche und höchst verschiedene Dinge mit allgemeiner Heilkraft: kabbalistische und astrologische Zeichen, Heiligenbilder, Viggiano-Madonnen, Wolfszähne, Krötenknochen und so fort. Origineller ist die Kur bei einzelnen Krankheiten. Würmer bei Kindern werden nur durch einen Zauberspruch weggebracht. Man sagt:

Heiliger Montag
Heiliger Dienstag
Heiliger Mittwoch
Heiliger Donnerstag
Heiliger Freitag
Heiliger Samstag
Ostern ist Sonntag
Würmer verschwinden mit einem Schlag

Und dann rückwärts:

Heiliger Samstag
Heiliger Freitag
Heiliger Donnerstag
Heiliger Mittwoch
Heiliger Dienstag
Heiliger Montag
Ostern ist Sonntag
Würmer verschwinden mit einem Schlag

Diese auf- und absteigende Doppelformel muß dreimal hintereinander vor dem Kranken gesprochen werden. Und die verzauberten Würmer sterben, und das Kind wird gesund. Es ist sicherlich eine uralte Formel, eine Mischung aus einer archaischen römischen Beschwörung, die uns unter den frühesten Zeugnissen der lateinischen Sprache erhalten ist, mit einem christlichen Element.

Die Gelbsucht heißt hier die »Bogenkrankheit«: die Krankheit des Regenbogens, weil durch sie der Mensch die Farbe wechselt und in ihm wie beim Sonnenspektrum das Gelb überwiegt. Wie bekommt man die Bogenkrankheit? Der Regenbogen wandert über den Himmel und stützt seine beiden Füße auf die Erde, wobei er sie an verschiedenen Punkten auf das Feld stellt. Wenn die Füße des Regenbogens auf die zum Trocknen ausgelegte Wäsche treten, dann nimmt derjenige, welcher diese nachher anzieht, durch die darin enthaltene Kraft die Farben des Bogens an und erkrankt. Es wird auch behauptet (aber die erste Hypothese über den Ursprung der Krankheit ist die verbreitetste und glaubwürdigere), daß man sich hüten müsse, gegen den Regenbogen zu urinieren: da der bogenförmige Strahl der Flüssigkeit der bogenförmigen himmlischen Iris ähnelt und sie widerspiegelt, wird der ganze Mensch eine Art von gelber Iris. Um die Gelbsucht zu bekämpfen, muß der Kranke in der ersten Morgendämmerung auf einen Hügel außerhalb des Ortes gebracht werden. Ein Messer mit schwarzem Griff muß ihm auf die Stirn gelegt werden, zuerst senkrecht, dann waagrecht, so daß ein Kreuz entsteht. Auf die gleiche Weise muß man durch Auflegen des Messers Kreuze an allen Gelenken des Körpers machen und bei jedem Kreuz eine einfache Beschwörung sprechen. Die Operation muß dreimal wiederholt werden, ohne ein einziges Gelenk auszulassen, und zwar an drei aufeinanderfolgenden Wochen. Dann zieht sich der Bogen von Farbe zu Farbe zurück, und das Gesicht des Kranken wird wieder weiß.

Alphonse Daudet

Das geheimnisvolle Elixier

»Trinkt doch dieses hier, Herr Nachbar; Ihr werdet sehen, wie Euch das schmeckt.«

Und mit der peinlichen Sorgfalt eines Edelsteinschleifers, der Perlen zählt, goß mir der Pfarrer von Graveson tropfenweise zwei Fingerhutvoll eines grüngoldenen, warmen, funkelnden Likörs ein ... Mein Magen war davon ganz durchsonnt.

»Das ist das Elixier von Pater Gaucher, die Freude und die Gesundheit unserer Provence«, erklärte mir der freundliche Mann strahlend. »Es wird im Kloster der Prämonstratenser hergestellt, zwei Meilen von Eurer Mühle entfernt. Wiegt es nicht alle Kartäuserliköre der Welt auf? Und wenn Ihr erst die köstliche Geschichte dieses Elixiers kenntet! Hört sie Euch an ...«

Und hier in dem so reinlichen und stillen Eßsaal des Presbyteriums mit den kleinen Bildern des Kreuzweges und seinen hübschen hellen Vorhängen, die wie Chorhemden gestärkt waren, begann nun der Abbé, mir ganz treuherzig und ohne jeden Arg eine kleine Geschichte zu erzählen, eine leicht skeptische und nicht ganz schickliche Geschichte, so in der Art von Erasmus oder d'Assoucy.

»Vor zwanzig Jahren waren die Prämonstratenser – oder besser die weißen Väter, wie die Leute in der Provence sie nennen – völlig verarmt. Hättet Ihr damals das Haus gesehen, sie hätten Euch gedauert.

Die große Mauer, der Turm des heiligen Pachomius verfielen zusehends. Im Kreuzgang wucherte überall Gras, die Säulen wurden rissig, die Heiligen aus Stein zerfielen. Kein buntes Glas mehr in den Fenstern, keine Tür mehr, die in den Angeln hielt. In den Höfen, in den Kapellen blies der Rhônewind wie in der Camargue; er löschte alle Kerzen, riß die Bleifassungen der Fenster heraus, wehte das Weihwasser aus den Becken. Aber am allertraurigsten war der Glockenturm des Klosters, stumm wie ein verlassener Taubenschlag, und da die Patres kein Geld hatten, sich eine Glocke zu kaufen, mußten sie die Frühmesse mit Klappern aus Mandelholz einläuten! …

Die armen weißen Patres! Ich sehe sie noch vor mir auf der Fronleichnamsprozession, wie sie in ihren geflickten Kutten traurig und bleich vorüberzogen, ganz mager, da sie sich nur von Pomeranzen und Wassermelonen nährten, und hinter ihnen schritt gesenkten Hauptes Hochwürden der Abt, der sich im Sonnenlicht seines Hirtenstabes schämte, an dem alles Gold abgeblättert war, und seiner weißen wollenen, von Motten zerfressenen Mitra. Die Stiftsdamen auf den Rängen weinten vor lauter Mitleid, und die dicken Bannerträger spotteten insgeheim und zeigten auf die armen Mönche: ›Die Stare werden mager, wenn sie in Schwärmen fliegen.‹

In der Tat waren die unglückseligen Patres selbst schon so weit, daß sie sich fragten, ob sie nicht besser in die weite Welt hinausfliegen und jeder für sich selbst ihren Unterhalt suchen sollten.

Als nun eines Tages im Kapitel diese ernste Frage besprochen wurde, meldete man dem Prior, Bruder Gaucher wünsche vom Rat gehört zu werden … Ihr

André E. Marty
Illustration zu Alphonse Daudet,
Briefe aus meiner Mühle

müßt wissen, daß dieser Bruder Gaucher der Kuhhirte des Klosters war; mit anderen Worten, daß er seine Tage damit zubrachte, im Kreuzgang von Bogen zu Bogen zu ziehen und zwei dürre Kühe vor sich herzutreiben, die das Gras zwischen den Steinplatten abfraßen. Bis zum zwölften Lebensjahr war er von einer alten verrückten Frau aus Les Baux, Tante Bégon genannt, aufgezogen worden, und dann hatten ihn die Mönche zu sich aufgenommen. Der unglückliche Kuhhirte hatte niemals etwas anderes zu lernen vermocht als seine Tiere zu hüten und sein Pater noster aufzusagen, und das noch auf Provenzalisch, denn er war etwas beschränkt und schwer von Begriff und wollte dennoch geistvoll sein. Im übrigen war er ein eifriger, wenn auch etwas schwärmerischer Christ, der sich im Büßerhemd wohlfühlte und sich mit geradezu handfester Überzeugung geißelte; und was für zwei Arme hatte er dazu!

Als er so den Kapitelsaal betrat, einfältig und tölpelhaft, und die Versammelten mit einer ungeschickten Verbeugung begrüßte, fingen alle an zu lachen, der Prior, die Domherren, der Schatzmeister. Solche Wirkung erzielte er stets, wenn er sich irgendwo sehen ließ, mit seinem biederen, leicht ergrauten Gesicht, seinem Ziegenbart und seinen etwas irren Augen; Bruder Gaucher regte das schon gar nicht mehr auf.

›Hochwürden‹, sagte er in gutmütigem Ton und drehte dabei seinen Rosenkranz aus Olivenkernen zwischen den Fingern. ›Mit Recht heißt es, die leeren Fässer tönen am besten. Stellt Euch vor, immerzu habe ich mir meinen armen Hohlkopf zerbrochen und zermartert, und ich glaube fast, ich habe das Mittel gefunden, uns allen aus der Not herauszuhelfen.

Hört mich bitte an, wie das zu machen ist. Ihr kennt doch Tante Bégon, jene gute Frau, die für mich sorgte, als ich klein war. (Gott sei ihrer Seele gnädig, diesem alten Luder! Wenn sie getrunken hatte, sang sie recht garstige Lieder.) Nun sage ich Euch, Ihr hochwürdigen Väter, zu ihrer Lebenszeit kannte sich Tante Bégon wirklich in Bergkräutern aus, mindestens so gut, ja noch besser als eine alte Amsel aus Korsika. Wahrlich, am Ende ihrer Tage hatte sie doch ein unvergleichliches Elixier zusammengebraut aus fünf oder sechs verschiedenen Heilkräutern, die wir gemeinsam in den Bergen pflückten. Das ist gar viele Jahre her, doch ich glaube, mit der Hilfe des heiligen Augustin und der Erlaubnis unseres ehrwürdigen Herrn Abtes, könnte ich – wenn ich mich nur recht besinne – die Zusammensetzung dieses geheimnisvollen Elixiers wiederfinden. Wir brauchten es dann nur in Flaschen abzufüllen und es ein bißchen teuer zu verkaufen, was der Bruderschaft gestatten würde, ganz sachte reich zu werden, so wie es unsere

Brüder von La Trappe und La Grande auch gemacht haben.‹

Er konnte nicht zu Ende sprechen. Der Prior war aufgesprungen und fiel ihm um den Hals. Die Stiftsherren nahmen seine Hände. Der Schatzmeister, noch ergriffener als alle anderen, küßte ihm ehrfürchtig den völlig ausgefransten Saum seiner Kutte.

Dann begab sich ein jeder auf seinen Sessel zurück um zu beraten; und noch während derselben Sitzung beschloß das Ordenskapitel, die Kühe sollten dem Bruder Thrasybul anvertraut werden, damit Bruder Gaucher sich voll und ganz der Herstellung des Elixiers widmen könne.

Wie gelang es nun dem guten Bruder, das Rezept von Tante Bégon wiederzufinden? Welche Anstrengungen kostete es ihn? Wieviel schlaflose Nächte? Darüber sagt uns die Geschichte nichts. Eins aber steht fest: nach sechs Monaten war das Elixier der weißen Patres schon sehr beliebt und verbreitet. Überall in der Grafschaft Avignon, im ganzen Gebiet von Arles gab es keinen Bauernhof, keine Sennhütte, die in ihrer Vorratskammer zwischen den Flaschen mit Süßwein und den Krügen mit in Essig eingelegten Oliven nicht auch eine kleine braune Tonflasche gehabt hätte mit dem Wappen der Provence als Siegel und einem selig strahlenden Mönch auf silbernem Etikett. Dank der Beliebtheit seines Elixiers wurde das Haus der Prämonstratenser sehr schnell reich. Der Turm des heiligen Pachomius wurde wiederaufgebaut. Der Prior bekam eine neue Mitra, die Kirche hübsche Glasfenster; und in dem fein durchbrochenen Mauerwerk des Glockenturms nistete sich eines schönen Ostersonntags feierlich läutend und bimmelnd eine ganze Schar von großen und kleinen Glocken ein.

Von dem Bruder Gaucher, diesem armen Laienbruder, dessen bäurisch-tölpische Art das Ordenskapitel stets so erheitert hatte, war im Kloster nie mehr die Rede. Fortan kannte man nur noch Ehrwürden Pater Gaucher, einen klugen Mann mit großem Wissen, der zurückgezogen und fern der unbedeutenden und vielfältigen Geschäfte des Klosters lebte und sich den ganzen Tag in seiner Destillerie einschloß, während dreißig Mönche die Berge durchstreiften, um duftende Kräuter für ihn zu sammeln. Diese Brennerei, die niemand, nicht einmal der Prior betreten durfte, war eine alte verlassene Kapelle ganz am Ende des Klostergartens. In ihrer Einfalt machten die guten Patres etwas Geheimnisvolles und Ungeheuerliches daraus, und wenn ein beherztes und neugieriges Mönchlein am wilden Wein emporkletterte und bis zur Rosette des Portals gelangte, so ließ es sich rasch wieder herunter, völlig verstört vom Anblick Pater Gauchers mit dem Bart eines Geisterbeschwörers, der sich über seine Feueröfen beugte, die Spirituswaage in der Hand hielt; und um ihn herum lagen überall rötliche Tonkolben, riesige Retorten, Schlangenrohre aus Kristall, eine wunderlich seltsame Ansammlung, die im roten Schein der Glasfenster magisch leuchtete …

Wenn der Tag sich neigte und der letzte Angelus geläutet wurde, tat sich die Tür zu diesem geheimnisvollen Ort leise auf, und Ehrwürden begab sich in die Kirche zur Abendmesse. Ihr hättet sehen sollen, wie er empfangen wurde, wenn er durch das Kloster schritt! Die Brüder bildeten Spalier längs seines Weges. Man murmelte: ›Pst! … er kennt das Geheimnis!‹

Der Schatzmeister folgte ihm und sprach gesenkten Hauptes mit ihm … Unter solchen Schmeicheleien ging der Pater seines Wegs; er wischte sich die Stirn und trug seinen breitrandigen dreieckigen Hut nach hinten geschoben wie einen Heiligenschein und betrachtete wohlgefällig die großen Höfe, in denen Apfelsinenbäume wuchsen, die blauen Dächer, auf denen sich neue Wetterfahnen drehten, und in dem strahlend weißen Kreuzgang – zwischen den zierlichen blumengeschmückten kleinen Säulen – die frischgekleideten Mönche, die zwei und zwei mit ausgeruhten Gesichtern an ihm vorüberzogen.

›Das alles verdanken sie mir!‹ sagte Ehrwürden zu sich selbst, und jedesmal überkamen ihn Stolz und Hochmut bei diesem Gedanken.«

Kurt Tucholsky

Rezepte gegen Grippe

Beim ersten Herannahen der Grippe, erkennbar an leichtem Kribbeln in der Nase, Ziehen in den Füßen, Hüsteln, Geldmangel und der Abneigung, morgens ins Geschäft zu gehen, gurgele man mit etwas gestoßenem Koks sowie einem halben Tropfen Jod. Darauf pflegt dann die Grippe einzusetzen.

Die Grippe – auch ›spanische Grippe‹, Influenza, Erkältung (lateinisch: Schnuppen) genannt – wird durch nervöse Bakterien verbreitet, die ihrerseits erkältet sind:

die sogenannten Infusionstierchen. Die Grippe ist manchmal von Fieber begleitet, das mit 128° Fahrenheit einsetzt; an festen Börsentagen ist es etwas schwächer, an schwachen fester – also meist fester. Man steckt sich am vorteilhaftesten an, indem man als männlicher Grippekranker eine Frau, als weibliche Grippekranke einen Mann küßt – über das Geschlecht befrage man seinen Hausarzt. Die Ansteckung kann auch erfolgen, indem man sich in ein Hustenhaus (sog. ›Theater‹) begibt; man vermeide es aber, sich beim Husten die Hand vor den Mund zu halten, weil dies nicht gesund für die Bazillen ist. Die Grippe steckt nicht an, sondern ist eine Infektionskrankheit.

Sehr gut haben meinem Mann ja immer die kalten Packungen getan; wir machen das so, daß wir einen heißen Grießbrei kochen, diesen in ein Leinentuch packen, ihn aufessen und dem Kranken dann etwas Kognak geben – innerhalb zwei Stunden ist der Kranke hellblau, nach einer weiteren Stunde dunkelblau. Statt Kognak kann auch Möbelspiritus verabreicht werden.

Fleisch, Gemüse, Suppe, Butter, Brot, Obst, Kompott und Nachspeise sind während der Grippe tunlichst zu vermeiden – Homöopathen lecken am besten täglich je dreimal eine Fünf-Pfennig-Marke, bei hohem Fieber eine Zehn-Pfennig-Marke.

Bei Grippe muß unter allen Umständen das Bett gehütet werden – es braucht nicht das eigene zu sein. Während der Schüttelfröste trage man wollene Strümpfe, diese am besten um den Hals; damit die Beine unterdessen nicht unbedeckt bleiben, bekleide man sie mit je einem Stehumlegekragen. Die Hauptsache bei der Behandlung ist Wärme: also ein römisches Konkordats-

Bad. Bei der Rückfahrt stelle man sich auf eine Omnibus-Plattform, schließe aber allen Mitfahrenden den Mund, damit es nicht zieht.

Die Schulmedizin versagt vor der Grippe gänzlich. Es ist also sehr gut, sich ein siderisches Pendel über den Bauch zu hängen: schwingt es von rechts nach links, handelt es sich um Influenza; schwingt es aber von links nach rechts, so ist eine Erkältung im Anzuge. Darauf ziehe man den Anzug aus und begebe sich in die Behandlung Weißenbergs. Der von ihm verordnete weiße Käse muß unmittelbar auf die Grippe geschmiert werden; ihn unter das Bett zu kleben, zeugt von medizinischer Unkenntnis sowie von Herzensroheit.

Keinesfalls vertraue man dieses geheimnisvolle Leiden einem sogenannten ›Arzt‹ an; man frage vielmehr im Grippefall Frau Meyer. Frau Meyer weiß immer etwas gegen diese Krankheit. Bricht in einem Bekanntenkreis die Grippe aus, so genügt es, wenn sich *ein* Mitglied des Kreises in Behandlung begibt – die andern machen dann alles mit, was der Arzt verordnet. An hauptsächlichen Mitteln kommen in Betracht:

Kamillentee. Fliedertee. Magnolientee. Gummibaumtee. Kakteentee.

Diese Mittel stammen noch aus Großmutters Tagen und helfen in keiner Weise glänzend. Unsere moderne Zeit hat andere Mittel, der chemischen Industrie aufzuhelfen. An Grippemitteln seien genannt:

Aspirol. Pyramidin. Bysopeptan. Ohrolax. Primadonna. Bellapholisiin. Aethyl - Phenil - Lekaryl - Parapherinan - Dynamit - Acethylen - Koollomban - Piporol. Bei letzterem Mittel genügt es schon, den Namen mehrere Male schnell hintereinander auszusprechen. Man nehme alle diese Mittel sofort, wenn sie aufkommen – solange sie noch helfen, und zwar in alphabetischer Reihenfolge, ch ist ein Buchstabe. Doppelkohlensaures Natron ist auch gesund.

Besonders bewährt haben sich nach der Behandlung die sogenannten prophylaktischen Spritzen (lac, griechisch; so viel wie ›Milch‹ oder ›See‹). Diese Spritzen heilen am besten Grippen, die bereits vorbei sind – diese aber immer.

Amerikaner pflegen sich bei Grippe Umschläge mit heißem Schwedenpunsch zu machen; Italiener halten den rechten Arm längere Zeit in gestreckter Richtung in die Höhe; Franzosen ignorieren die Grippe so, wie sie den Winter ignorieren, und die Wiener machen ein Feuilleton aus dem jeweiligen Krankheitsfall. Wir Deutsche aber behandeln die Sache methodisch:

Wir legen uns erst ins Bett, bekommen dann die Grippe und stehen nur auf, wenn wir wirklich hohes Fieber haben: dann müssen wir dringend in die Stadt, um etwas zu erledigen. Ein Telefon am Bett von weiblichen Patienten zieht den Krankheitsverlauf in die Länge.

Die Grippe wurde im Jahre 1725 von dem englischen Pfarrer Jonathan Grips erfunden; wissenschaftlich heilbar ist sie seit dem Jahre 1724.

Die glücklich erfolgte Heilung erkennt man an Kreuzschmerzen, Husten, Ziehen in den Füßen und einem leichten Kribbeln in der Nase. Diese Anzeichen gehören aber nicht, wie der Laie meint, der alten Grippe an – sondern einer neuen. Die Dauer einer gewöhnlichen Hausgrippe ist bei ärztlicher Behandlung drei Wochen, ohne ärztliche Behandlung 21 Tage. Bei Männern tritt noch die sog. ›Wehleidigkeit‹ hinzu; mit diesem Aufwand an Getue kriegen Frauen Kinder.

Das Hausmittel Cäsars gegen die Grippe war Lorbeerkranz-Suppe; das Palastmittel Vanderbilts ist Platinbouillon mit weichgekochten Perlen.

Und so fasse ich denn meine Ausführungen in die Worte des bekannten Grippologen Professor Dr. Dr. Dr. Ovaritius zusammen:

Die Grippe ist keine Krankheit – sie ist ein Zustand – !

Heimito von Doderer

Mit Pauken- und Trommelschlögeln gegen die Wut-Krankheit

Bachmeyers intelligente Augen, glänzend wie facettierte schwarze Jettknöpfe, bewegten sich lebhaft, während er antwortete, korrekt sprechend, urban und wohlerzogen:

»Die Wut, Herr Professor. Ich leide unter schweren Wutanfällen, die mich entsetzlich anstrengen und sehr mitnehmen.«

»Hm«, sagte Horn mit leichtem Schnauben und Schnaufen, den Blick immer auf Bachmeyers Schuhspitzen geheftet, »können Sie mir, Herr Bachmeyer, vielleicht sagen, welchen Grund diese Wutanfälle haben?«

Bachmeyers Augen blitzten auf wie das Mündungsfeuer bei einer Schußwaffe; zugleich beobachtete der

Professor, wie die Spitzen seiner Schuhe sich immer weiter voneinander entfernten, so daß die auseinander gedrehten Füße jetzt schon einen stumpfen Winkel bildeten. Zugleich begannen beide Füße eine Art verhaltenen Tretens und Stampfens, ohne daß freilich die Sohlen sich eigentlich vom Boden lösten. Wenngleich Bachmeyer die folgenden Worte urban und höflich wie das Frühere sprach, schien doch sein Grimm jäh zu schwellen, und er zerrieb geradezu, was er sagte, zwischen den Zähnen. Zugleich wurde seine Stimmlage jetzt hoch, fast fistelnd:

»Wenn ich den Grund wüßte, Herr Professor, wäre ich vielleicht gar nicht zu Ihnen gekommen.«

Horn hielt sich dabei nicht auf; er hätte wohl sagen können, daß er nicht eigentlich nach dem Grunde, sondern nur nach den Anlässen der Wutanfälle habe fragen wollen und daß der Ausdruck ›Grund‹ von ihm versehentlich gewählt worden sei. Inzwischen aber hatten sich Bachmeyers Fußspitzen noch erheblich weiter auseinander gedreht und der Professor sagte beiseite und halblaut zu der Ordinationsschwester Helga, die herangetreten war:

»Hundertunddreißig Grad. Nasenzange.«

Schon saß das Instrument, etwa von der Größe eines kleinen Schmetterlings – es sah auch ähnlich aus – auf Bachmeyers Nase (dem Horn durch einen Augenblick sanft die Hände festhielt), in der Art eines Kneifers, nur erheblich weiter unten. Es war eine feine und lange Schnur daran befestigt, deren Ende Schwester Helga in der Hand hatte; jedoch war die Schnur nicht etwa gespannt, sondern locker und durchhängend.* Die Schwe-

* Die Nasenzange gehört zur Gruppe der sogenannten Blattzangen. Es sind dies Flachzangen mit sehr verbreiterter Druckfläche, zu deren

ster blickte auf den Patienten; ihre schmalgeschlitzten Äuglein hinter den Brillengläsern aber zeigten eigentlich keinen richtigen Blick, sondern nur die dünne und wäßrige Substanz einer fast unbegreiflichen, alleräußersten Frechheit, und einer sanften Befriedigung eben darüber.

»Wir beginnen nun gleich mit der Behandlung«, sagte Horn zu dem perplexen Bachmeyer und schnaufte begütigend. »Bitte jetzt keinerlei heftigere oder plötzliche Bewegung zu machen, es könnten sonst leicht Beschwerden eintreten. Und langsam aufstehen, ja so, Herr Bachmeyer.« Er drehte ihn sanft herum, so daß Bachmeyer mit dem Rücken gegen den Arzt stand. Die Schwester betätigte einen elektrischen Kontakt: im nächsten Augenblicke schmetterte der Krönungsmarsch aus Giacomo Meyerbeers Oper ›Der Prophet‹, von einem Lautsprecher machtvoll verstärkt, in den Raum. Dieser gewaltige Rhythmus löste endlich Bachmeyers Sohlen ganz vom Boden. Die Fußspitzen weit auseinandergestellt – der Fußwinkel mochte jetzt bald 140 Grad betragen – begann er zu treten, ja, bald zu stampfen, und bewegte sich so, immer die Fußspitzen seitwärts, mit kleinen Schritten fort, bald in ein noch kraftvolleres Stampfen übergehend: rhythmisierter, geordneter Grimm. Helga schwebte voran. Sie glich einem Botticelli-Engel, aus dessen Augen jedoch äußerster Hohn blinzte. So leitete

Fertigung das Material dünner genommen wird. Den Sitz am Nasenrücken bewirkt ein Feder-Bügel. Handhaben fehlen. Jedoch läßt ein kleines Hebelwerk bei geringer Spannung der Schnur drei scharfe Nadeln durch jedes Blatt treten, welche sogleich bis in die Beinhaut dringen, und dadurch auch schwerst tobende Individuen mühelos bändigen. Die Nasenzange ist nicht zu verwechseln mit dem gleichnamigen, bei der Jagd zum Ausheben des Dachses gebrauchten Instrument, wenn die Hunde jenen in der Röhre gestellt haben. Eine gewisse Analogie zur Dachszange besteht allerdings.

sie Bachmeyern, das Ende der Schnur, die zur Nasenzange lief, leicht emporhaltend, den anderen Arm tänzerisch in die Hüfte gestützt. So leitete sie Bachmeyern wie einen Bären. Die Schnur hing durch. Eine geringste Anspannung nur hätte, vermöge des sinnreichen, kleinen Hebelwerkes der Nasenzange, dem Wütenden einen äußersten, ja, fast betäubenden Schmerz zugefügt und ihn unverzüglich gebändigt, wenn er etwa versuchen wollte, aus dem rhythmisch geordneten Wutmarsch seitwärts auszubrechen. Der Professor hatte indessen aus zahlreichen Pauken- und Trommelschlögeln, Klöppeln, Klöpfeln und hölzernen Hämmern, die in Taschen an der Wand gereiht waren, zwei Instrumente gewählt – lange Paukenschlögel, vorne gut umwickelt – und schritt hinter Bachmeyern drein, den Rhythmus mäßig auf dessen Schädel paukend, wobei er die Schlögel elegant und routiniert aus dem Handgelenke fallen ließ. So bewegte sich dieses dreigliedrige therapeutische Wut-Element unter Trompetenschall durch das weite Ordinations-Zimmer, sodann durch eine im Hintergrunde offen stehende Flügeltüre und den benachbarten Raum, um schließlich in ein sehr ausgedehntes Gemach einzutreten, welches völlig leer war, bis auf den lang ausgezogenen Tisch in der Mitte – es war ein solcher, wie man ihn oft in sehr groß dimensionierten Eßzimmern sehen kann – welcher, ganz nach Art der Schaukasten oder Schaugestelle in den Museen, mehrere Stufen von rotem Samt zeigte. Sie waren in Abständen mit billigen Porzellan- oder Steingutfiguren besetzt: Mädchen mit Harfen, Tänzerinnen mit Tamburins, Knaben mit Hirtenflöten, weiblichen Figuren, die Krüge auf der Schulter hielten, und ähnlichem Unfug mehr. Bachmeyers Stampfen hatte sich während des Wutmarsches erheblich gesteigert, zur Befriedigung des Professors, der ja nur bei kräftigem Durchkochen und Durchtreiben des Grimms etwas für seine therapeutischen Ziele hoffen durfte; als man in den letzten, großen Raum kam, trat Bachmeyer bereits derart machtvoll auf, daß der Boden zitterte und mit ihm alle Figuren auf dem Tische. Der Professor, nachdem er sich durch einen kurzen Blick davon überzeugt hatte, daß Bachmeyers Fußwinkel noch keineswegs abnahm, sondern eher größer zu werden im Begriffe war, vertauschte blitzschnell die Paukenschlögel gegen zwei hölzerne Hämmer, welche in den Taschen seines weißen Kittels staken: die rhythmische Applikation wurde zudem jetzt noch bedeutend kräftiger als vorher erteilt, was angesichts der dicken, schwarzen Haarwirbel Bachmeyers dem Arzte als angängig erschien; allerdings waren die Hämmer an der Schlagfläche mit Leder gepolstert. Man war noch keine zwei Schritte an dem Tische mit den roten Samtstufen entlang gegangen, als Bachmeyer blitzschnell, ja, geradezu mit Gier, eine der Figuren ergriff und sie zu Boden schmetterte, so daß die Scherben weithin über das glatte Parkett sprangen. »Eins«, sagte der Professor laut, und Schwester Helga wiederholte: »Eins!« Während des weiteren Umganges consumierte Bachmeyer noch zwei Figuren, darunter einen Faun mit Spitzbart und Bocksbeinen. Jedesmal wurde laut mitgezählt. Schon nach der zweiten Figur begann der Fußwinkel rapid zu sinken und das Stampfen Bachmeyers schwächte sich mehr und mehr ab. Nach der dritten Figur sagte der Professor laut »neunzig«, die Schwester wiederholte, die Applikation ward neuerlich modifiziert, von den Hämmern wieder zurück auf die Schlögel, welche Horn jetzt nur leicht auf Bachmeyers Haupt tanzen ließ; dieser langte schließlich vorne im Ordinationszimmer mit dem Fußwinkel eines normalen und menschlichen Ganges an. Noch blieb die Nasenzange am Ort. Erst nachdem der Arzt durch einen kurzen, mäßig starken Riß an Bachmeyers Bart – es erfolgte darauf keinerlei Reaktion – sich von der nunmehr eingetretenen Harmlosigkeit dieses Patienten überzeugt hatte, ward sie entfernt.

»Ich danke vielmals, Herr Bachmeyer«, sagte Professor Horn, sich mit seiner ganzen Masse langsam verbeugend (während im Blick der Schwester Helga die Frechheit gallertig wie Eierklar stand), »Sie werden jetzt zweifellos ein Nachlassen der Beschwerden während der nächsten Tage beobachten können; die Reaktionen waren ja sehr günstig, durchaus erfolgversprechend. Doch möchte ich empfehlen, in zehn Tagen wieder vorzusprechen; wie Sie wissen, ordiniere ich für solche speziale Fälle jeden 1., 10. und 20. des Monates; das wäre also das nächste Mal am 20.«

Schon hatte Schwester Helga in einem Buche nachgeschlagen und rief Bachmeyern, freundlich lächelnd, die genaue Uhrzeit seines Erscheinens zu. Horn verbeugte sich nochmals, vor Wohlwollen schnaufend. Und damit ging Bachmeyer ab: in tiefstem Staunen, leicht schwitzend – dies trieb den Lavendelduft noch mehr heraus – und in glücklicher Benommenheit. In tiefstem Staunen: nicht so sehr über alles, was ihm jetzt widerfahren war, sondern über das Fehlen der Wut, ja, mehr als das, über das augenblickliche Fehlen jedes Verhältnisses, jeder Beziehung, jeder Möglichkeit zur Wut oder zum Grimme. In Bachmeyer war die unschuldige Freundlichkeit und Sanfmut eines gutgearteten Jünglings, während er leichten Schrittes über den Treppenabsatz vor der Ordination des Professors Horn ging. Eben als er dann die ersten Stufen betrat, kam von unten ein kleiner, sehr bärtiger Herr, den er im Vorbeipassieren versehentlich leicht streifte; Bachmeyer lüftete den Hut, entschuldigte sich rasch und lief leichtfüßig die Treppen hinab, voll tiefer Bewunderung für den Arzt, von dem er eben kam, und beflügelt von der Aussicht, daß ihm wirklich könnte geholfen werden.

Heilkräfte der Kunst und der Natur

Heinrich Schipperges

Das Heilsame am Lesen

Von der hohen Literatur, als einer wahren Schule der Erlesenheit, erwarteten die Griechen eine »Katharsis«, die reinigende Wirkung aus der Kraft des Gehörten oder Gelesenen. Nicht von ungefähr galt Apollon, der Strahlende, der heilende Gott wie auch Vermittler der Kunst, als das Medium der Entsühnung. Katharsis sollte eine seelische Erschütterung bewirken und damit allein schon eine Entlastung im Affekthaushalt; sie sollte die verkehrten Leidenschaften läutern und die Ökonomie der Emotionen stabilisieren. Sie sollte die Krisen bewußter machen. »Zum Heilmittel« – schreibt Seneca – »werden sittlich orientierte Tröstungen, und was immer die Seele aufgerichtet hat, nützt auch dem Körper.« Alles dies verspricht und leistet nun auch die Sprache im Buch!

Das Wort ist einfach die Basis aller Behandlung, und es begleitet in strenger Hierarchie der Indikationen alle Therapie. »Was das Wort nicht heilt, heilt das Kraut, was das Kraut nicht heilt, heilt das Messer.« Als Teil des scholastisch begründeten »Regimen sanitatis« wirkt die Literatur vor allem im Bereich der Affekte regulierend und stimulierend. Mit dieser ihrer diätetischen Dimension hat die Literatur wieder eine kaum schon abzuschätzende Bedeutung für die Prävention und Rehabilitation gewonnen, wie auch umgekehrt erst in unseren Tagen wieder die Therapeutik neben der pädagogischen ihre ästhetische Dimension zu entdecken beginnt. Als eine Form der Kunsttherapie hatte auch die Lesetherapie ihren festen Platz im System der Medizin. Sie war in Theorie wie in Praxis der Diätetik zugeordnet, dem Topos von den »sechs nicht-natürlichen Dingen«, und hier in erster Linie dem sechsten Regelkreis, dem Umgang mit Affekten und Emotionen (affectus animi). Und so ist die Literatur denn auch in der älteren Heilkunde immer als ein Bestandteil der Diätetik gewertet und verwertet worden. Bei Amputationen wie beim Aderlaß, bei der Behandlung von Geisteskranken wie in der »Ars moriendi« –, immer erwies sich als unentbehrliche Hilfe das Buch.

Als im Juli des Jahres 1598 ein eitriger Abszeß am Knie des spanischen Königs Philipp des Zweiten aufgeschnitten werden mußte, da las ihm während der schmerzhaften Prozedur sein Beichtvater zur Linderung und Tröstung aus der Passion nach Matthäus vor.

In seinen *Persischen Briefen* (1721) hat Montesquieu ein grandioses bibliotherapeutisches System entworfen, in welchem jedem Schriftsteller und jeder Schriftgattung eine medikamentöse oder wenigstens diätetische Funktion zugespielt wird. So dient Aristoteles-Lektüre als Abführmittel, während die üblichen Lebenserinnerungen und vor allem die »Laudationes«, die Lobreden, als Brechmittel angesehen werden. Theologische Schriften sollen gut sein gegen die Krätze, die Liebeskrankheit oder auch die Schlaflosigkeit, in verminderter Form dann auch philosophische Schriften, in homöopathischer Dosis wohl jede Literatur.

In *Doktor Katzenbergers Badereise* (1809) erwartet Jean Paul von einem guten Lustspiel auch heilsame Wirkungen auf die Englische Krankheit, den Ekel oder auch Rheumatismus, während Trauerspiele eher die Gelbsucht oder Darmkrämpfe verursachen. Vielleicht – meint Jean Paul – gäbe es aber auch im Spannungsfeld von Tragödie und Lustspiel einen gesunden Mittelweg: »und es wäre wenigstens ein offizieller Anfang, wenn man das Trauerspiel, so gut es ginge, dem Lustspiel näher brächte, durch eingestreute Possen, Fratzen und dergleichen, die man dann allmählich so lange anhäufen könnte, bis sie endlich das ganze Trauerspiel einnähmen und besetzten.«

Als der junge Goethe *Werthers Leiden* beendigt hatte, da fühlte er sich befreit, erlöst »wie nach einer Generalbeichte, wieder froh und frei und zu einem neuen Leben berechtigt«. Seine »heilsamen Nymphen« beschwört noch der ältere Goethe. Goethe sucht dabei Wort und Ton möglichst zu verknüpfen, wenn er sein Loblied auf die Dichtkunst singt: »Innig verschmolzen mit Musik, heilt sie alle Seelenleiden aus dem Grunde, indem sie solche gewaltig anregt, hervorruft und in auflösenden Schmerzen verflüchtigt.«

Mit seinem *Nachsommer* gedachte Adalbert Stifter seiner Freundin, der seelisch kranken Luise von Eichendorff, Ruhe und Kraft und Selbstvertrauen zu geben. Und die Arbeit an der *Mappe meines Urgroßvaters* empfand Stifter auch für sich persönlich als »liebevolle Arznei«. Im *Zauberberg* hat Thomas Mann das großangelegte Konzept eines bibliotherapeutischen Katalogs entworfen, wenn er seinen Settembrini alle »für jeden einzelnen Konflikt in Betracht kommenden Meisterwerke der Weltliteratur« systematisch sammeln läßt, einen Katalog der Bücher, den »Leidenden zu Trost und Belehrung«.

Aus der Heilkraft des Schönen schöpfen wir nicht von ungefähr unsere Entwürfe auf Zukunft, wagen wir zu hoffen, zu planen, zu vertrauen, etwas zu entwerfen in die Zeit. Künstler – so Franz Kafka – empfinden sich daher oft wie Uhren, die vorgehen. Rainer Maria Rilke hat sein poetisches Schaffen immer auch als »Selbstbehandlung« verstanden. Er habe sich selbst bemüht, dabei »einen heileren Zustand in der Mitte des eigenen Wesens zu gewinnen«. Den radikalen Eingriff einer Psychoanalyse freilich hat Rilke energisch abgelehnt, mit der feinen Bemerkung (dem Freiherrn von Gebsattel gegenüber), er müsse befürchten, daß bei der Austreibung seiner Teufel auch seinen Engeln ein ganz kleiner Schaden zugefügt werde. Und darauf wollte er es auf keinen Fall ankommen lassen!

Jean Paul

Das Lustspiel als Arznei

Auch Katzenberger hatte unten einige Werthers Leiden ausgelitten, und zwar schon bei der Krebssuppe, weil da noch die ganze Tischgesellschaft, als eine niedere Geistlichkeit, zum Kirchdienste für den Dichter-Gott angestellt saß, welcher der Hauptmann zu sein schien; wozu noch der Kummer stieß, daß er seinen Strykius nicht vor sich hatte. Ein solcher Wirttisch war für Katzenberger ein Katzentisch. Er erklärte deshalb gern ohne Neid der nächsten Tisch-Ecke, daß er als Arzt über Bühnen-Skribenten seine eigne Meinung habe, und folglich eine diätetische. Ein Lustspiel an und für sich, fuhr er fort, verwerfe niemand weniger als er; denn es errege häufig Lachen, und wie oft durch solches Lachen Lungengeschwüre, englische Krankheit nach Tissot, Ekel (wenn auch nicht gerade der am Stücke selber), ja durch bloße Spaß-Vorreden Rheumatismen gehoben worden, wiss' er ganz gut. – Ja, da Tissot eine Frau anführe, die nicht eher als nach dem Lachen Stühle gehabt, so halt' er allerdings ernsthaft einen Sitz im Komödienhause für so gut als ein treibendes Mittel, so daß jeder aus seiner Leidengeschichte, wie man sonst bei einer andern getan, ein Lustspiel machen könnte. – Daher, wie der Quacksalber gern einen Hanswurst, so sehe der Arzt gern einen Lustspieldichter bei sich, damit beider Arzneien, nach Verhältnis ihres Werts, von gleichmäßigen Späßen unterstützt und eingeflößt würden.

»Das Trauerspiel aber, Herr Doktor?« fiel ein junger Mensch ein, der zu beantworten glaubte, wenn er befragte.

Gleichwohl glaub er – fuhr er ohne Antwort fort – Verstopfung und dergleichen ebenso leicht durch einige Sennes- und Rezeptblätter zu heben als durch ein vielblättriges Lustspiel, und ein Apotheker sei hier wenig verschieden von einem Hanswurst. – Er könne sich denken, daß man ihm hier das Trauerspiel einwerfe; aber entweder errege dieses gar nichts (dann gähnte man ebensogut und noch wohlfeiler in seinem warmen

Bette), oder es errege wahre Traurigkeit, wenn auch nur halbstündige; nun aber sollten doch Dichter, dächte man, wie Kotzebue und deren Kunstrichter so viel durch Aufschnappen aus der Arzneikunde zufällig wissen, daß Traurigkeit Leber-Verstopfung, folglich Gelbsucht – woher sonst der gelbe Neid der Trauerspieler gegeneinander? – zurücklasse, ferner entsalzten Urin, ein scharfes Tränen (der größte Beweis der Blut-Anstemmung in den Lungen) und sogar Darmkrämpfe. – Auf letzte habe man sogar bei Wesen, die in gar kein Schauspiel gehen oder sonst Seelenleiden gehabt (denn es gebe keine andere, da nur die Seele, nicht der bloße Körper empfinde und leide), nämlich bei traurigen Hirschen geschlossen, aus den kleinen Knötchen in ihrem Unrate als den besten Zeichen von Krämpfen.

»Erhärteten freilich« – fuhr er feurig fort – »Bühnen-Tränen, gleich Hirschtränen, zu Bezoar: so schrieb' ich wohl selber dergleichen Spaß und bewegte das Herz. Aber jetzt, beim Henker! muß der wahre Arzt mitten unter den weichsten, himmlischsten Gefühlen der Damenherzen so scharf das Weltliche dazwischen kommandieren als ein Offizier unter der Messe seinen Leuten das Gewehr-Strecken und Heben. Vielleicht aber gäb' es einen Mittelweg, und es wäre wenigstens ein offizineller Anfang, wenn man das Trauerspiel, so gut es ginge, dem Lustspiel näher brächte, durch eingestreute Possen, Fratzen und dergleichen, die man denn allmählich so lange anhäufen könnte, bis sie endlich das ganze Trauerspiel einnähmen und besetzten.« Eine solche Anastomose und Kirchenvereinigung des Weh- und Lustspiels, setzte er hinzu, eine solche Reinigung der Tragödie durch die Komödie wäre zuletzt so weit zu treiben – ja in einigen neuesten Tragödien sei so etwas –, daß man durch ganze Stücke hindurch recht herzlich lachte. Er fragte, ob denn komische Darstellung so schwer sei, da man in Frankreich im siebzehnten Jahrhundert die ernstesten biblischen Geschichten in burlesken Versen begehrte und bekam; wie er denn überhaupt wünsche, daß ernste Dinge, z. B. Manifeste, Todesurteile etc., öfter im gefälligen Gewand, nämlich burlesk vorgetragen würden. Er berief sich noch auf die sonst im Trauerspiel so ernsten Franzosen, denen Noverre die tragischen Horazier Corneilles als einen pantomimischen Tanz gegeben; folglich in Sprüngen, welches schön an den griechischen Namen der Tragödie, nämlich Bockspiel, erinnere; sogar er selber getraue sich, seinen stärksten Schmerz über einen Verlust, z. B. seines Freundes Strykius, durch bloßes Tanzen auszudrücken, in einem Schäferballett oder in einem Hopstanz oder im Fandango.

»Also hätt' ich«, beschloß er, »die entkräftende Empfindsamkeit, die man uns auf den Tränenwegen der Meibomischen Drüsen, der Tränenkarunkel usw. hereinschießen läßt, leicht durch Possen gedämmt.«

Thomas Mann

Das ultimative Buch gegen alle menschlichen Leiden

»Ein paar flüchtige Informationen ... Der ›Bund zur Organisierung des Fortschritts‹, eingedenk der Wahrheit, daß seine Aufgabe darin besteht, das Glück der Menschheit herbeizuführen, mit anderen Worten: das menschliche Leiden durch zweckvolle soziale Arbeit zu bekämpfen und am Ende völlig auszumerzen, – eingedenk ferner der Wahrheit, daß diese höchste Aufgabe nur mit Hilfe der soziologischen Wissenschaft gelöst werden kann, deren Endziel der vollkommene Staat ist, – der Bund also hat in Barcelona die Herstellung eines vielbändigen Buchwerkes beschlossen, das den Titel ›Soziologie der Leiden‹ führen wird, und worin die menschlichen Leiden nach allen ihren Klassen und Gattungen in genauer und erschöpfender Systematik bearbeitet werden sollen. Sie werden mir einwenden: Was nützen Klassen, Gattungen, Systeme! Ich antworte Ihnen: Ordnung und Sichtung sind der Anfang der Beherrschung, und der eigentlich furchtbare Feind ist der unbekannte. Man muß das Menschengeschlecht aus den primitiven Stadien der Furcht und der duldenden Dumpfheit herausführen und es zur Phase zielbewußter Tätigkeit leiten. Man muß es darüber aufklären, daß Wirkungen hinfällig werden, deren Ursachen man zuerst erkennt und dann aufhebt, und daß fast alle Leiden des Individuums Krankheiten des sozialen Organismus sind. Gut! Dies ist die Absicht der ›Soziologischen Pathologie‹. Sie wird also in etwa zwanzig Bänden von Lexikonformat alle menschlichen Leidensfälle aufführen und behandeln, die sich überhaupt denken lassen, von den persönlichsten und intimsten bis zu den großen Gruppenkonflikten, den Leiden, die aus Klassenfeindschaften und internationalen Zusammenstößen erwachsen, sie wird, kurz gesagt, die chemischen Elemente aufzeigen, aus deren vielfältiger Mischung und Verbindung sich alles menschliche Leiden zusammensetzt, und indem sie die Würde und das Glück der Menschheit zur Richtschnur nimmt, wird sie ihr in jedem Falle die Mittel und Maßnahmen an die Hand geben, die ihr zur Beseitigung der Leidensursachen angezeigt scheinen. Berufene Fachmänner der europäischen Gelehrtenwelt, Ärzte, Volkswirte und Psychologen, werden sich in die Ausarbeitung dieser Enzyklopädie der Leiden teilen, und das General-Redaktionsbureau zu Lugano wird das Sammelbecken sein, in dem die Artikel zusammenfließen. Sie fragen mich mit den Augen, welche Rolle nun mir bei all dem zufallen soll? Lassen Sie mich zu Ende reden! Auch den schönen Geist will dieses große Werk nicht vernachlässigen, soweit er eben menschliches Leiden zum Gegenstande hat. Darum ist ein eigener Band vorgesehen, der, den Leidenden zu Trost und Belehrung, eine Zusammenstellung und kurzgefaßte Analyse aller für jeden einzelnen Konflikt in Betracht kommenden Meisterwerke der Weltliteratur enthalten soll; und – dies ist die Aufgabe, mit der man in dem Schreiben, das Sie hier sehen, Ihren ergebensten Diener betraut.«

»Was Sie sagen, Herr Settembrini! Da erlauben Sie mir aber, Sie herzlich zu beglückwünschen! Das ist ja ein großartiger Auftrag und ganz wie für Sie gemacht, wie mir scheint. Es wundert mich keinen Augenblick, daß die Liga an Sie gedacht hat. Und wie muß es Sie freuen, daß Sie da nun behilflich sein können, die menschlichen Leiden auszumerzen!«

Alfred Polgar

Der Fall Elmer

Sie fand Elmer in der Badewanne sitzend, den Kopf zurückgelehnt, die Augen offen, mit dem Blick eines erlegten Wildes. Sein Antlitz streckte, sozusagen, alle viere von sich. Der rechte Arm, in der Hand die Literaturseite der *New York Times*, hing über den Seitenrand der Wanne. Auf dem Tischchen lagen Bücher und Zeitschriften. Eine, aufgeblättert, schwamm im Wasser.

»Ist dir nicht wohl?« fragte Harriet.

»Nur dieses Schwindelgefühl.«

»Schon wieder! Dagegen muß endlich etwas geschehen.«

Sie half ihm aus der Wanne und ins Nebenzimmer auf den Diwan. Mit schwacher Stimme verlangte er nach der *Saturday Review of Literature*.

Harriet aber rief Doktor W. M. Brailey an. Brailey war ein Psychosomatiker, ein Leib-Seelen-Arzt moderner Schule, und wußte vieles über die wunderlichen

Streiche, die der Geist dem Körper zu spielen imstande ist. Er untersuchte und befragte Elmer eingehend. »Bevor ich Ihnen meine Diagnose mitteile und die nötige Behandlung«, sagte er zu Harriet, »möchte ich hören, was Sie an bedenklichen Symptomen im Verhalten Ihres Mannes beobachtet haben.«

»Krankhaftes eigentlich nichts – außer seinem unersättlichen Lesebedürfnis. Das hat ihn auch seine Stellung in der Landeskreditanstalt gekostet, weil er immer heimlich hinter dem Schalter las wie als Schuljunge unter der Bank. Gott sei Dank hat er rechtzeitig von seiner Tante so viel geerbt, daß er nichts zu verdienen braucht. Aber nun tut er überhaupt nichts mehr als lesen.«

»Was liest er?«

»Alles. Was Bücher betrifft, ist er – ich kann's nicht milder ausdrücken – gefräßig. Hemmungslos. Ist er wo zu Gast und sieht ein Regal mit Büchern, gleich schleicht er sich hin, zieht einen Band heraus und liest ein bißchen was.«

»Aha!« sagte der Arzt und nickte, als paßte das zu seiner Theorie des Falls. »Er nascht!«

»Hören Sie, was er sich kürzlich geleistet hat. Er war bei einem Freund zu Besuch, der eine große Bibliothek besitzt, aber grundsätzlich nichts aus ihr verborgt. Was tut Elmer? Er schreibt heimlich seinen Namen in die Bücher, auf die er scharf ist, und verlangt sie dann als sein Eigentum zurück! Dann noch etwas. Es mag sein in welcher Gesellschaft immer, und man mag sprechen über weiß der Teufel was – mittendrin läßt Elmer etwas los von dem und über das, was er gerade gelesen hat. Er ist da nicht zu halten.«

Doktor Brailey nickte abermals wie bestätigt in seiner

Ansicht des Falls: »Ich verstehe. Ein plötzlich auftretender Drang nach Ausscheidung, der befriedigt sein will.«

»Aber vor Leuten, Herr Doktor?! In Gesellschaft?! Das ist doch unanständig. Alle sitzen verlegen da, wissen nicht, wohin schauen vor Ungeduld … und laden uns nicht mehr ein.« Harriet führte ihr Taschentuch an die Augen.

»Kein Grund zu verzagen«, tröstete sie der Doktor. »Elmers Zustand ist unangenehm, für ihn wie für andere. Aber wir können ihm helfen. Grob und kurz gesagt: Ihr Mann leidet an Überfütterung des Gehirns. Er hat da drinnen«, der Doktor tippte auf seinen Kopf, »zuviel Fett angesetzt. Das muß wieder weg. Er muß geistig abnehmen. Durch entsprechende Diät vor allem. Wir wollen gradatim vorgehen. Also: einmal in der Woche schalten wir eine Art Fasttag ein, wo er nichts Substantielles zu lesen bekommt. Höchstens Zeitungen. Tageszeitungen. Das Fett – Literaturseite und dergleichen – schneiden Sie weg. Klagt er über Hunger, so geben Sie ihm mystery stories. Ad libitum. Detektivgeschichten sind für die geistige Verdauung, was Weißkäse oder Salatblätter für die körperliche. Sie flutschen durchs Hirn, ohne dort nennenswerte Rückstände zu hinterlassen. Erlaubt sind ferner Bücher in einer fremden Sprache, die Elmer nicht versteht.«

Harriet schüttelte das Haupt. »Das habe ich schon versucht. Ohne Erfolg. Sie müssen wissen, wenn Elmer nachts aufwacht, greift er sofort nach einem der Bücher auf seinem Nachttisch. Einmal – es war nach seiner Blinddarmgeschichte, und er sollte nur viel schlafen – schaffte ich das Zeug vom Nachttisch beiseite und legte statt dessen so ein Buch hin, wie Sie eben sagten.«

»Was für ein Buch?«

»Eines in türkischer Sprache.«

»Die versteht er nicht?«

»Keine Silbe.«

»Nun und?«

Harriet machte eine Gebärde der Hilflosigkeit. »Nun, ob Sie's glauben oder nicht, Doktor – er hat es gelesen! Und am andern Tag sich sehr anerkennend über den Autor geäußert.«

»Interessant«, sagte Doktor Brailey. »Wir müssen versuchen, ihn abzulenken. Besuche von Freunden ...«

»Ich habe Ihnen doch erzählt, wie er's mit denen treibt. Sie weichen ihm aus, weil er immer gleich von Büchern redet. Der einzige Mensch, bei dem er nicht auf literarische Gedanken kommt, bin ich.«

»Sehr gut«, sagte der Doktor. »Sie sollten überhaupt darauf sehen, daß Elmer möglichst viel mit ungebildeten Leuten verkehrt.«

»Ungebildete Leute! Wo die finden! In unseren Kreisen!«

Doktor Brailey trat ans Fenster, blickte auf die Straße, in der viele Menschen gingen. »Freilich, freilich«, sagte er, mehr zu sich sprechend als zu Harriet. »Das ist der Krebsschaden unserer Zivilisation. Diese epidemische Verbreitung der Bildung. Diese Infektion der Menschheit mit geistigen Interessen. Wir vermeiden übermäßige Ausnutzung des Ackerbodens, der der Bevölkerung leibliche Nahrung schafft. Aber mit dem Boden, aus dem das Brot für ihren Verstand wächst, mit dem treiben wir Raubbau.« Er wandte sich wieder zu Harriet. »Wissen Sie, wieviel Bücher sogenannter schöner Literatur unser Amerika in jeder Stunde jedes Jahres publiziert? Drei! Das sind zweiundsiebzig am Tag, zweitausendeinhundertsechzig im Monat, mehr als eine Viertelmillion im Jahr!«

»Mein Gott!« schrie Harriet. »Wie soll Elmer das aushalten?«

»Und was tun wir«, fuhr der Arzt fort, »um diesem Angebot die nötige Nachfrage, dieser präfabrizierten Befriedigung das nötige Bedürfnis nach ihr zu sichern? Wir rotten den unverdorbenen, gesunden, der Natur engst verbundenen Kern des Volkes aus: die Analphabeten. Wir vergiften ihnen die reine Luft ihrer Unwissenheit mit den Miasmen des Abc und des kleinen Einmaleins. Und wo halten wir jetzt? Bei der Wasserstoffbombe!«

Traurig und verschüchtert fragte Harriet: »Was aber soll mit Elmer geschehen?«

»Versuchen wir's immerhin mit unseren Hausmittelchen. Detektivgeschichten. Fettlose Zeitungskost. Führen Sie ihn viel spazieren, aber bleiben Sie bei keiner Buchhandlung stehen. Im übrigen – vertrauen wir auf die Natur. Oft, wo ärztliches Können versagt, verfällt sie auf den richtigen therapeutischen Trick.«

Doktor Brailey behielt recht. Im Fall Elmer half die Natur. In der Abgeschlossenheit von Literatur und Menschen nämlich, in der Harriet ihn hielt, kam er auf die rettende Idee, sich seine Bücher selber zu schreiben. Die Zehntausende, die er gelesen hat, liefern ihm auf lange Zeit hinaus Material. Seit er selbst schreibt, ist sein ungesundes Interesse an dem, was andere schreiben, entschieden um vieles schwächer. Zufolge der Anstrengung des Produzierens, die als Massage auf Elmers Gehirn wirkt, zeigt dieses bereits eine deutliche Tendenz zur Abmagerung, und er hat auch schon einen Verleger.

Oft gehen jetzt Elmer und Harriet miteinander spazieren. Bei Buchhandlungen bleibt er stehen. Aber nur, um zu sehen, ob sein Buch im Schaufenster ist.

Das erste Buch Samuel

David spielt vor Saul

Der Geist des Herrn war von Saul gewichen; jetzt quälte ihn ein böser Geist, der vom Herrn kam. Da sagten die Diener Sauls zu ihm: Du siehst, ein böser Geist Gottes quält dich. Darum möge unser Herr seinen Knechten, die vor ihm stehen, befehlen, einen Mann zu suchen, der die Zither zu spielen versteht. Sobald dich der böse Geist Gottes überfällt, soll er auf der Zither spielen; dann wird es dir wieder gut gehen. Saul sagte zu seinen Dienern: Seht euch für mich nach einem Mann um, der gut spielen kann, und bringt ihn her zu mir! Einer der jungen Männer antwortete: Ich kenne einen Sohn des Betlehemiters Isai, der Zither zu spielen versteht. Und er ist tapfer und ein guter Krieger, wortgewandt, von schöner Gestalt, und der Herr ist mit ihm. Da schickte Saul Boten zu Isai und ließ ihm sagen: Schick mir deinen Sohn David, der bei den Schafen ist. Isai nahm einen Esel, dazu Brot, einen Schlauch Wein und ein Ziegenböckchen und schickte seinen Sohn David damit zu Saul. So kam David zu Saul und trat in seinen Dienst; Saul gewann ihn sehr lieb, und David wurde sein Waffenträger. Darum schickte Saul zu Isai und ließ ihm sagen: David soll in meinem Dienst bleiben; denn er hat mein Wohlwollen gefunden.

Sooft nun ein Geist Gottes Saul überfiel, nahm David die Zither und spielte darauf. Dann fühlte sich Saul erleichtert, es ging ihm wieder gut, und der böse Geist wich von ihm.

Rembrandt
David spielt Harfe vor Saul
1655

Horst Prignitz

Badekuren – historisch

Wasserkuren im alten Griechenland

Die griechischen Ärzte übernahmen nicht nur verschiedene Methoden der Hydrotherapie von den Ägyptern, wie etwa das kalte Bad zur Erhaltung oder Herstellung der Gesundheit, sondern entwickelten die Wasserkur weiter. Hatte Herodikos sich nachhaltig für den gesundheitlichen Wert des kalten Wassers eingesetzt, so führte sein berühmtester Schüler – Hippokrates – im 4. Jahrhundert v. Chr. die Wasserheilkunde zu wissenschaftlicher Bedeutung.

Hippokrates schuf die ersten ausgedehnten, nach wissenschaftlichen Gesichtspunkten geordneten Angaben über die verschiedensten Verwendungsmöglichkeiten des Wassers in der Medizin. Als erster behauptete er, daß kaltes Wasser wärme, warmes dagegen kühle. Er kannte Begießungen mit kaltem Wasser bei Starrkrampf, Rheuma und Gicht, er benutzte Waschungen, Bäder, Wickel und ließ seine Patienten bei fieberhaften Erkrankungen sehr viel reines oder mit Honig vermischtes Wasser trinken.

Als abhärtend galten bei den Griechen Schwitzbäder, die durch Kohlebecken und heiße Steine geheizt wurden. Petronas, ein Arzt aus der Zeit des Hippokrates, erfand das Kastendampfbad, das auch im späteren Mittelalter bekannt war und dann Ende des 18. Jahrhunderts zu neuem Leben erweckt wurde.

Stätten der Gesundung und natürlich auch der Unterhaltung waren die vielen über Heilquellen verfügenden Badeorte auf dem griechischen Festland, auf den Inseln Kythos, Euböa, Melos und Lesbos und in den von den Griechen beherrschten Gebieten des Mittelmeerraumes. Auch bei den Griechen finden wir die schon im alten Orient ausgeprägte Verknüpfung abergläubischer und medizinischer Vorstellungen. Viele Quellen waren Göttern geweiht, dem Appollon oder seiner Schwester Artemis, dem Übelabwender und Weltenwanderer Herakles (Herkules) und in der späteren Zeit dem Heilgott Asklepios (Äskulap). Alle Asklepieien, Reste von ihnen wurden beispielsweise in Hermione, Pergamon und in Ephesos an der Westküste Kleinasiens gefunden, waren Kultstätten – Tempel in Verbindung mit heilkräftigen Quellen.

Das wohl berühmteste Heiligtum des Asklepios befand sich in der an der Ostküste der Argolis gelegenen Stadt Epidauros. Den Tempel des in der griechischen und römischen Antike viel besuchten Kurortes umgaben Gebäude zur Aufnahme von Kranken. [...]

Böhmische Bäder

Eines der Zentren des europäischen Badewesens lag und liegt in Böhmen. Königin der Badeorte nannte man in der Mitte des 19. Jahrhunderts das elegante Karlsbad, damals eine Stadt mit etwa 4000 Einwohnern. Fast alle der über 550, meist zwei-, aber auch dreistöckigen Häuser waren zur Aufnahme von Kurgästen geeignet. Im Jahre 1801 hatte man als erstes großes Gasthaus den »Goldenen Löwen« erbaut; nun lockten überall Gaststätten und Kaffeehäuser Besucher an. Es gab ein Theater, in dem berühmte Schauspieler und Tänzer gastierten; aber auch Taschenspieler, Bauchredner und sogenannte Gymnastiker zeigten in Karlsbad ihre Kunst. Man ging zum Ball, vergnügte sich beim Scheibenschießen, machte Ausflüge in die nähere Umgebung. Glücksspieler aber kamen in Karlsbad nicht auf ihre Kosten. Wie in allen Bädern Österreich-Ungarns war auch dort das Hasardspiel verboten.

Mehr als zehn Quellen galten als heilkräftig. Doch man badete nicht nur in öffentlichen Badeanstalten, sondern auch in Privathäusern, so im »Halben Mond« und im »Goldenen Herz«. Kurzeit war von Mitte Mai bis Mitte September. Die Kuren wurden unterschiedlich lange ausgedehnt; die kürzeste dauerte drei bis vier, die längste acht bis neun Wochen.

Welche Bedeutung man einer kürzeren Kur zuschrieb, geht aus den Sätzen hervor, die der berühmte Berliner Chemiker Emil Osann 1829 im ersten Band seiner *Physicalisch-medicinischen Darstellung der bekannten Heilquellen der vorzüglichsten Länder Europas* schrieb:

»Als eine besondere Art dieser kleinen Kur ist die sogenannte Vorbauungskur (Cura prophylactica) zu betrachten. Man läßt sie, um in gewissen Fällen die gefürchtete Wiederkehr von chronischen Krankheiten zu verhindern, am besten im Frühjahr oder Sommer gebrauchen, bestimmt ihre Dauer auf 14 Tage bis drei Wochen, beschränkt sie häufig zwar nur auf den inneren Gebrauch von Mineralwasser, oft ist aber auch der gleichzeitige Gebrauch von Bädern sehr anzuraten. Besonders zu empfehlen ist dieselbe bei eine sehr sitzende

Karl Schwetz
Karlsbad, Kur-Salon
um 1909/13

Lebensweise führenden Geschäftsleuten, welche vermöge des Mangels an der nötigen Bewegung dabei oft gleichzeitig sehr angreifenden Kopfarbeiten vorzugsweise zu Stockungen des Unterleibs geneigt sind, – bei Personen, welche an Vollblütigkeit, Neigung zu starken Congestionen nach dem Kopfe, der Haut und chronischen Hautausschlägen leiden, – ferner bei Personen, welche Anlage zu rheumatischen Krankheiten mindern oder die Entwicklung von gichtischen Leiden verhindern wollen.«

Um 1850 kamen jährlich etwa 6000 Kurgäste nach Karlsbad; zehn Jahre später waren es schon 10 000. Es braucht kaum gesagt zu werden, daß die Besucher Karlsbads nicht zu den ärmeren Schichten der Bevölkerung gehörten.

CHRISTINA FLORACK-KRÖLL

Der Herr Geheimrat in Karlsbad

Einer der berühmtesten Badegäste war Johann Wolfgang von Goethe, der wiederum 1812 in Teplitz Ludwig van Beethoven begegnete und in Böhmen Kontakte vielfältiger Art pflegte. Zwischen 1785 und 1823 suchte Goethe insgesamt 22 Mal die böhmischen Bäder, Pyrmont, Berka, Wiesbaden und Tennstedt auf. Seine Kuraufenthalte erstreckten sich teilweise über 15 bis 19 Wochen. Werke wie *Die Wahlverwandtschaften* oder der *West-östliche Divan* stehen im Zusammenhang mit diesen Reisen. Anknüpfungspunkte begegnen uns auch in Goethes Gedichten. 1785 richtete er an die junge Gräfin Brühl die scherzhaften Verse: »Warum siehst du Tina verdammt den Sprudel zu trinken?« 1806 schrieb er in Karlsbad die Verse:

»Wie es dampft und braust und sprühet
Aus der unbekannten Gruft!
Von geheimem Feuer glühet
Heilsam Wasser, Erd' und Luft.«

Am 7. Juli 1806 richtet Goethe den folgenden Brief an Christiane Vulpius: »Das Wasser hat eine recht gute Wirkung auf mich gemacht und ich denke, es soll so fortgehen. Seitdem ich den Sprudel trinke, habe ich keine Tropfen eingenommen und die Verdauung fängt schon an, recht gut ihren Gang zu gehen. Ich werde nun so weiter fortfahren und abwarten, was es werden kann. Übrigens muthet man sich hier viel mehr zu als zu Hause. Man steht um 5 Uhr auf, geht bey jedem Wetter an den Brunnen, spaziert, steigt Berge, zieht sich an, macht Aufwartung, geht zu Gaste und sonst in Gesellschaft. Man hütet sich weder vor Näße, noch Wind, noch Zug und befindet sich ganz wohl dabey. Ich habe manche alte Bekannte angetroffen und ihrer schon viele neue gemacht. Morgen beziehen wir ein besser Quartier als das bisherige. Die Bälle sind hier übrigens nicht sehr belebt. [...] Übrigens giebt es Pikeniks und Spazierfahrten, die in der schönen Gegend ganz angenehm sind.«

Diese Zeilen könnten von jedem Kurgast aus jedem Badeort geschrieben sein. Der Brief enthält alle wichtigen Details, die den Reisenden während des täglich sich wiederholenden Ablaufs der Kur beschäftigen: sein Gesundheitszustand, bereits eingetretener oder erwarteter Erfolg der Therapie, Tagesablauf, Wetter, Bekanntschaften, Vergnügen.

Kaum jemand hatte sich während seiner Badekur über Langeweile zu beklagen. Das Spazierengehen am Brunnen und auf den Promenaden nahm einen großen Teil des Tages in Anspruch. Man führte die neuesten Moden aus und konnte seinen Bedarf an Reisesouvenirs decken. Beliebte Mitbringsel waren böhmische Glaswaren und Schmuckstücke wie die berühmten Sprudelsteinketten, Andenkengläser und Andenkenporzellane, Spitzen, Stoffe und Seidentücher. Wer keine Neigung zu ausgedehnten Spaziergängen und Wanderungen hatte, verschaffte sich die nötige Bewegung beim Eselreiten. Ausflüge mit der Kutsche oder zu Schiff auf dem Rhein

Johann Wolfgang Goethe
Marienbad mit Kreuzbrunnen
um 1820/23

waren überaus beliebt. Gesellschaftliche Veranstaltungen und Bälle füllten die Abende.

Die Ansichten der Badeorte der Goethe-Zeit bieten dem Betrachter keine wilde, von Menschenhand unberührte Natur, sondern eine kultivierte, gepflegte Erholungslandschaft. Mit ihren gärtnerischen Anlagen, bequemen Wegen im Wechsel von Sonne und Schatten, angenehmen Verweilmöglichkeiten und Rastplätzen bilden sie einen idealen Rahmen zum Gespräch. Die eleganten Anlagen beispielsweise in Karlsbad besaßen die charakteristischen Merkmale eines durch die Empfindsamkeit und die Einflüsse der englischen Parkgestaltung geprägten Naturverständnisses. Was in den bedeutenden Gärten und Parks fürstlicher Residenzstädte in aufwendigen Anlagen bewundert werden konnte, war hier in engräumigere Bezüge und leichter begreifbare Dimensionen gerückt. Der kleinste überdachte Ruheplatz trägt wie die großen Wandelhallen die Merkmale klassizistischer Architektur mit Säulen, Dreiecksgiebeln, Stufensockeln und kühlweißem Farbanstrich.

Ignaz Franz Castelli

So pflegt dem Badegast der Tag zu verfließen

Baden, den 10. Juli 1838

Mein werter Freund!

Der Arzt hat gesagt: Das Baden
Im Schwefelwasser kann mir auf keinen Fall schaden,
Und wenn ein Arzt sagt: Etwas *schadet nicht*,
So hat er vollkommen getan seine Pflicht;
Denn wenn etwas nur *nicht schadet*, so bleibt er in Ehren,
Daß es gar *nützen* soll, ist doch nicht zu begehren.
[...]

Ein eigentlicher *Badegast* geht morgens früh
In sein Bad, er versäumt dies nie,
Ausgenommen wenn sehr starker Wind
Oder kühle regnerische Tage sind,
Manchmal nur läßt er auch ein Bad aus,
Wenn er sich verschläft zu Haus.
Nach einer Stunde Baden geht er wieder
Und legt sich eine halbe Stunde nieder;
Gesetzt, daß er Menage hätte,
So bringt man ihm das Frühstück zum Bette,
Nach dem Bade stellt sich ein solcher Hunger ein,
Daß er schluckt zwei – drei Kipfel hinein.
Nach dem Bade geht er, wenn's schön ist, spazieren,
Und regnet's, zu *Scheiner* tarockieren;
Punkt zwölf geht er im Park auf und nieder,
Punkt eins begibt er sich nach Hause wieder,

Dann speist er, und ist dies vorbei,
So legt er sich nieder zwei Stunden oder drei,
Hierauf setzt er sich wieder zu *Scheiner* bis fünfe,
Dann macht er sich, wenn er arm ist, auf seine Strümpfe,
Ist er aber reich, so setzt er sich in den Wagen
Und läßt sich nach dem Helenental tragen,
Oder in die Krainerhütte, oder bleibt in der Näh'
Und trinkt im Doblhoff-Garten Kaffee.
Um sieben endlich geht er ins Theater vielleicht,
Auch möchlich, daß er gleich nach Hause schleicht,
Er ißt noch seine Suppe dann
Und legt sich zu Bette, so schnell er kann.

So pflegt dem Badegast der Tag zu verfließen,
Die andern, welche nur das Luftbad genießen,
Die da sind, weil sie nichts anders zu tuen wissen,
Pflegen auch alles eben Gesagte mitzumachen,
Sie tun aber auch noch ganz andere Sachen:
Sie sind überall zu sehen,
Sie fahren, reiten und gehen,
Sie essen und trinken den ganzen Tag,
Sie sind den Kranken eigentlich zur Plag,
Sie bleiben im Park bis die Mitternacht kömmt,
Und dann wird noch in einem Gasthaus geschlemmt,
Sie machen Ausflüge nach Guttenstein,
Und sind sie einmal eine halbe Stunde allein,
Jagt nicht ein Vergnügen das and're in Eile,
So klagen sie gleich über lange Weile,
Fahren nach Wien auf einige Tage,
Kommen wieder und führen dieselbe Klage;
So, lieber Freund, gehts in Baden zu,
Die einen wünschen, die andern geben nicht – Ruh.

Friedrich Hebbel

Es geht langsam, langsam vorwärts

Baden d. 6. Sept. 1863

Mein teuerster kleiner Pinscher!

Um sieben Uhr ging ich ins Bad; bei meiner Rückkunft fand ich Dein liebes Briefchen vor. Dank Dir für das schöne Sonntags-Geschenk!

Von einer Verschlimmerung meines Zustandes ist nicht die Rede; im Gegenteil, es geht langsam, langsam vorwärts. Auch bin ich im grünen Baum ganz gut aufgehoben; ein Essen will ich Dir vorsetzen, wie Du's in Wien nicht bekommst, nur das Bett ist mir, bei der jetzigen Empfindlichkeit meines Körpers, zu hart und mein Schlaf darum schlecht.

Auch gestern war ich, trotz des Orkans, der die Akazien in dem Gärtchen vor meinem Fenster knickte, viel im Freien; wohl sechs Stunden lang. Glaube nicht, daß ich mich dazu zwinge, das Gehen und Steigen kostet mir keine Anstrengung, nur das Liegen macht mir Mühe, so komisch das klingt. Gesellschaft habe ich noch nicht gefunden, bis auf eine flüchtige Begrüßung mit dem Baron Klesheim, der hier in einer Akademie singen und tanzen und dabei dreimal über sein Wappen weg springen wird, ohne den Buckel zu zeigen. Übrigens ist der Ort noch nicht ganz leer, auf allen Bänken im Park hocken Krüppel, die vor Langeweile, nicht, wie Lots Weib, vor Neugier, zur Salzsäule zu erstarren drohen und die der Herbst mit welken Blättern bestreut, nur die Eleganz ist abgezogen. Eine seltsame Spezies der Eitelkeit lernte ich im Bade kennen. Ein Greis kroch mühsam hinein, die Kinnladen wackelten ihm, die Halsmuskeln glichen Pferdesträngen und die Stirn schien vom Pfluge gefurcht. Der erklärte zu meinem höchsten Erstaunen, er sei erst sechzig Jahre alt, aber die Grippe habe ihn momentan ein wenig herunter gebracht. Der Bade-Diener hörte es zufällig und sagte mir, der Mann sei über die Achtzig hinaus, werde aber mit jedem Sommer jünger; dabei ist er seines Zeichens Doktor der Medizin.

Tietz grüße herzlich; ihr Brief ist gut stilisiert, aber schlecht geschrieben. Doch, sie war in fremdem Hause und das entschuldigt sie. Den kleinen Kindern geht es doch wohl? Ich schlage Dir vor, Dienstag zu kommen; das Repertoire legt bis Samstag nichts in den Weg. Dann würde ich raten, mit dem Zehn-Uhr-Train zu fahren. Wie freut sich darauf (gutes Wetter vorausgesetzt)

Dein altes einsames

Nux

Vom Wirken der Ärzte

Karl Philipp Moritz

Äskulap

Auch der erste Anfang der Heilkunde wurde von den Alten als etwas Göttliches betrachtet. Man dachte sich denjenigen, welcher zuerst diese Kunst im Leben übte und selbst ihr Opfer wurde, auch noch nach seinem Tode als ein wohltätiges, menschenfreundliches Wesen, zu dem die Kranken nicht unerhört um Hülfe flehen durften.

Apollo erzeugte nämlich den Äskulap mit der Koronis, der Tochter eines thessalischen Königs. Als Koronis mit dem Ischis einer heimlichen Liebe pflog, bestrafte Apollo ihre Untreue mit dem Tode; den Äskulap aber, mit dem sie schwanger war, rettete er noch, da sie schon auf dem Scheiterhaufen lag.

Nun wurde der Göttersohn in der Höhle des weisen Chiron erzogen, der ihn in jeglicher Wissenschaft und vorzüglich in der Kräuterkunde unterwies, welche Wissenschaft Äskulap zu einer Wohltäterin der Menschheit machte, indem er, die Kräfte der Pflanzen erforschend, die mannigfaltigsten Heilmittel für die mannigfaltigen Krankheiten des Körpers daraus erfand.

Er trieb die Kunst so weit, daß die Dichtung von ihm sagt, es sei ihm mehrere Male gelungen, den Toten selbst wieder Leben einzuhauchen. Darüber zürnte die immer-

Äskulap und Hygiäa
Kupferstiche nach antiken Gemmen
1795

zerstörende Macht, das immerverschlingende Grab und die Gewalt des schrecklichen Pluto, die den Erwecker der Toten als einen kühnen und vermeßnen Frevler beim Donnerer verklagte. Dieser ließ den Äskulap, so wie den Prometheus, für seine Wohltat an den Menschen büßen – und schleuderte seine Blitze auf das schuldlose Haupt. Der die Schmerzen der Menschen linderte und ihre Krankheiten heilte, ward auf die Weise selbst ein Opfer seiner wohltätigen Kunst.

Nach seinem Tode wurden ihm Haine, Tempel und Altäre geweiht; vorzüglich wurde er zu Epidaurus in Griechenland verehrt. Seine Söhne Machaon und Podalirius waren im Trojanischen Kriege als Anführer und Helden und zugleich wegen ihrer großen Wissenschaft in der Heilkunde berühmt.

Dem Äskulap war die Schlange als ein Bild der Genesung und Gesundheit heilig, vermutlich insofern man sich unter ihr ein sich selbst verjüngendes und durch die Abstreifung der Haut sich gleichsam wieder erneuerndes Wesen dachte.

Neben dem Äskulap findet man zuweilen einen kleinen Knaben abgebildet, mit einer Mütze auf dem Kopfe und in einen Mantel ganz eingehüllt. Sein Name ist Telesphorus, und seine Kindergestalt und sonderbare Umhüllung scheinet auf irgendeine Weise auf den Zustand der Wiedergenesenden anzuspielen. – Auf der hier beigefügten Kupfertafel sind Äskulap und Hygiäa, beide nach antiken geschnittenen Steinen, im Umriß abgebildet.

Hygiäa

Hygiäa, eine Tochter des Äskulap, wurde sogar als die Göttin der Gesundheit selbst verehrt. Auch zu ihr gesellt sich die wohltätige heilbringende Schlange und wird aus einer flachen Schale von ihr gespeist. Die Erhaltung der Gesundheit ist ihr Geschäft, und sie bringt als eine milde Gabe diese Wohltat von den Göttern zu den Sterblichen hernieder.

Johann Wolfgang Goethe

Der Wundarzt

Nachdem die junge Dame eine kurze Zeit am Schlage der einen Kutsche gestanden und sich mit den Ankommenden unterhalten hatte, stieg ein Mann von untersetzter Gestalt heraus, den sie zu unserm verwundeten Helden führte. An dem Kästchen, das er in der Hand hatte, und an der ledernen Tasche mit Instrumenten erkannte man ihn bald für einen Wundarzt. Seine Manieren waren mehr rauh als einnehmend, doch seine Hand leicht und seine Hülfe willkommen.

Er untersuchte genau, erklärte, keine Wunde sei gefährlich, er wolle sie auf der Stelle verbinden, alsdann könne man den Kranken in das nächste Dorf bringen.

Die Besorgnisse der jungen Dame schienen sich zu

vermehren. »Sehen Sie nur«, sagte sie, nachdem sie einigemal hin und her gegangen war und den alten Herrn wieder herbeiführte, »sehen Sie, wie man ihn zugerichtet hat! Und leidet er nicht um unsertwillen?« Wilhelm hörte diese Worte und verstand sie nicht. Sie ging unruhig hin und wider; es schien, als könnte sie sich nicht von dem Anblick des Verwundeten losreißen und als fürchtete sie zugleich den Wohlstand zu verletzen, wenn sie stehenbliebe, zu der Zeit, da man ihn, wiewohl mit Mühe, zu entkleiden anfing. Der Chirurgus schnitt eben den linken Ärmel auf, als der alte Herr hinzutrat und ihr mit einem ernsthaften Tone die Notwendigkeit, ihre Reise fortzusetzen, vorstellte. Wilhelm hatte seine Augen auf sie gerichtet und war von ihren Blicken so eingenommen, daß er kaum fühlte, was mit ihm vorging.

Philine war indessen aufgestanden, um der gnädigen Dame die Hand zu küssen. Als sie nebeneinanderstanden, glaubte unser Freund nie einen solchen Abstand gesehn zu haben. Philine war ihm noch nie in einem so ungünstigen Lichte erschienen. Sie sollte, wie es ihm vorkam, sich jener edlen Natur nicht nahen, noch weniger sie berühren.

Die Dame fragte Philinen verschiedenes, aber leise. Endlich kehrte sie sich zu dem alten Herrn, der noch immer trocken dabeistand, und sagte: »Lieber Oheim, darf ich auf Ihre Kosten freigebig sein?« Sie zog sogleich den Überrock aus, und ihre Absicht, ihn dem Verwundeten und Unbekleideten hinzugeben, war nicht zu verkennen.

Wilhelm, den der heilsame Blick ihrer Augen bisher festgehalten hatte, war nun, als der Überrock fiel, von ihrer schönen Gestalt überrascht. Sie trat näher herzu und legte den Rock sanft über ihn. In diesem Augenblicke, da er den Mund öffnen und einige Worte des Dankes stammeln wollte, wirkte der lebhafte Eindruck ihrer Gegenwart so sonderbar auf seine schon angegriffenen Sinne, daß es ihm auf einmal vorkam, als sei ihr Haupt mit Strahlen umgeben und über ihr ganzes Bild verbreite sich nach und nach ein glänzendes Licht. Der Chirurgus berührte ihn eben unsanfter, indem er die Kugel, welche in der Wunde stak, herauszuziehen Anstalt machte. Die Heilige verschwand vor den Augen des Hinsinkenden; er verlor alles Bewußtsein, und als er wieder zu sich kam, waren Reiter und Wagen, die Schöne samt ihren Begleitern verschwunden.

Ernst Weiss

Der Frühberufene

Es durchzuckte mich wie ein heißer Strom von oben nach unten, als ich ihm mit meiner geballten Faust von der Seite gegen die Zähne schlagen konnte. Meine Faust allein wäre wohl nicht stark genug gewesen, die ungewöhnliche Wirkung zu erzielen, hätte ich mich nicht zugleich mit dem ganzen Körper gegen ihn geworfen.

Er wich sofort aufschreiend zurück, taumelte, die Hand vor den Mund gepreßt, gegen den Vorhang, und man hörte in der Stille eine Fensterscheibe klirren. Er sank hier nieder, konnte sich aber, da ihn ja der Vorhang zum Glück geschützt hatte, keine Kopfwunde geholt haben.

Wir bekamen natürlich alle Angst, daß der Subpräfekt etwas von dem Lärm gemerkt haben könnte. Ein Teil von uns Jungen schob schnell die Glasscherben fort, ein anderer verkroch sich noch schneller in die Betten.

Der Bettnässer war von seinem Lager aus dem Kampf glückselig lächelnd gefolgt. War gestern er das Opfer gewesen, so waren es heute die zwei Goliathe und ich.

Aber ich dachte, daß nun alles in Ordnung sei, als sich der Goliath mühselig erhob, seine große häßliche Hand vor seinen Mund hielt und eine Menge rötlicher Flüssigkeit in die Hand spie. Mir gefiel der Ausdruck seines Gesichtes nicht. Er kam mir nach, stumm deutete er auf den Inhalt seiner Hand, und mit Schrecken sah ich, daß unter dem roten Zeug etwas Blankes, Weißes, Dünnes durchschimmerte, ein Zahn. Das hatte ich nicht gewollt.

Ich sank auf dem Rande des nächsten Bettes zusammen, von dem mich der rechtmäßige Besitzer fortzustoßen versuchte, dann aber kam mir in meiner Verzweiflung ein Gedanke. »Gib ihn her!« murmelte ich dem großen Jungen zu. Furchtsam machte Goliath I. seinem Vetter ein Zeichen, und dieser brachte mir, zwischen Zeigefinger und Daumen gepreßt, den Zahn, einen wunderbar weißen, schönen Eckzahn, blank und mit kleinen Fäserchen am spitzen Ende. »Mach den Mund auf!« befahl ich. Er riß den Mund gehorsam auf, ich sah das Blut quellen aus einer kleinen Wunde, deren Ränder zackig waren. Ich dachte in diesem Augenblick weder an Vater noch an Mutter, sondern an meine Verantwortung, meine Pflicht als Arzt. Hatte mich meine Wunderkur von gestern so kühn gemacht? Ich wußte von jetzt an, was das Selbstvertrauen eines Arztes vermag, denn alle folgten mir blind! »Dein Messer!« rief ich dem Goliath I. zu. Er gab es mir. Ich nahm den Zahn und lief hinaus in den gemeinsamen Waschraum. Ich wusch den Zahn sorgfältig ab und bemühte mich, das kleine Stück Fleisch mit dem Messer zu entfernen, vorsichtig den Zahn auf das Seifennäpfchen legend, bevor ich das Messer öffnete. Sobald der Zahn ganz sauber war, kehrte ich in das totenstille Dormitor zurück. »Mund auf!« kommandierte ich trocken. Er riß den Mund weit auf. Aus seinen dummen Augen brachen Tränen. Das war die Strafe für seinen Salberquack, daß er sich jetzt einem solchen anvertrauen mußte. Ich führte den an allen Gliedern zitternden Burschen unter die Zimmerlampe und versuchte den Zahn wieder einzufügen. Aber dies war viel schwieriger, als ich gedacht hatte. Obwohl das Unternehmen sehr schmerzhaft war, hielt der arme Kerl mäuschenstill. Er hätte zubeißen können, aber ich wußte, er tat es nicht, denn er verstand, daß ich ihm helfen wollte.

Endlich wagte ich etwas anderes. Da ich gesehen hatte, daß man sich bei der schlechten Beleuchtung auf die Sicht nicht verlassen konnte, um so mehr, als es fest aus der Rißwunde weiterblutete, rechnete ich auf das Tastgefühl und tat gut daran.

Ich tastete die Stelle vorher gut ab, nahm dann den Zahn zwischen den Zeigefinger und Daumen der rechten Hand, die gewölbte Lippenseite nach vorn, die Zungenseite nach rückwärts, hielt mit dem linken Zeigefinger die Wundränder auseinander, drückte den Zahn in die Wunde und merkte sofort, daß der Zahn sich widerstandslos, sehr tief in die kleine Knochenöffnung einfügte. Als ich den Jungen dann den Mund noch einmal aufmachen ließ, sah ich, daß der Zahn wieder schön geradestand. Nun handelte es sich darum, daß er einige Stunden so blieb, damit er einwachsen könne.

Auch da hatte ich einen Einfall. »Das Messer!« rief ich. Ich hatte es im Waschraum liegen gelassen. An der plötzlichen käseartigen Blässe des armen Goliath merkte ich, er fürchtete eine zweite, noch schrecklichere Operation. »Nein, beruhige dich!« sagte ich – mit welchem Gefühl sprach ich dieses Trosteswort aus, das die Präfektin vor kurzem für mich angewandt hatte! – »beruhige dich. Es geschieht dir nichts mehr!« Er versuchte zu lächeln. Er hätte alles über sich ergehen lassen, wenn ihm der Zahn und seine männliche Schönheit erhalten blieben. Inzwischen war das Messer gebracht worden. »Hole den Stöpsel aus meiner Schnapsflasche«, ordnete ich an, und als er gebracht worden war, schnitzelte ich mit dem Messer in den liegenden Zylinder des Korkens eine kleine Rille und führte den Stöpsel in den Mund des Jungen. »Courage! Beiß fest darauf!« sagte ich, und er biß. »Kannst du daneben ausspucken?« Er konnte es. »Gut!« sagte ich. »Wickelt ihm das Gesicht fest ein, so daß er den Mund nachts nicht öffnen kann. Und ein paar Stunden gefastet!«

Es war spät geworden. Durch das zerbrochene Fenster kam die kühle Nachtluft. Der Subpräfekt mußte uns vergessen haben. Wir waren sogar gezwungen, selbst das Licht auszulöschen.

Alle hielten sich ruhig. Draußen hörte man ein Bauerngefährt knirschend den Bergweg wieder hinauffahren. Die meisten waren eingeschlafen. Einige wenige flüsterten sich etwas zu und lachten.

Kluge, alles voraussehende Geister hatten ein Nachtgeschirr gefunden, das einzige, das es hier gab und das dem Bettnässer früher hatte dienen sollen – als ob man mit Nachtgeschirren einen Bettnässer heilen könnte! Jetzt tat es seine Dienste, indem es dem Goliath als Spucknapf diente. Alle paar Minuten hörte man den armen Teufel leise aufseufzend sich im Bett aufsetzen, das Geschirr heraufholen und hineinspeien.

Alle diese unappetitlichen Dinge, Speien, Nachtgeschirr, hatten seit gestern und heute ihren bisherigen Sinn für mich verloren. Ich glaubte, ich würde einmal Arzt werden. Aber ich dachte nicht daran, diese gefährlichen Versuche hier fortzusetzen. Ich vertraute doch im Grunde auf meinen Vater, ich dachte an meine geliebte Mutter und die Zukunft.

Am nächsten Morgen hatte ich genug damit zu tun, rechtzeitig in die Schule zu kommen, die etwa eine viertel Stunde vom Knabenheim entfernt lag. Goliath II. verließ das Bett nicht. Er hatte den Kopf dick eingebunden. Auf meine Frage – ich mußte doch fragen, auf die Gefahr hin, zu spät in die Schule zu kommen – sah er mich zuerst verständnislos an. Dann rief ich ihm zu: »Sitzt er?« »Er sitzt!« murmelte er unter seinem Tuche hervor, und eine Art Lächeln kam über seine Züge.

»Herr Doktor, unser Spitz ist krank.
Doch nicht gefährlich, Gott sei Dank!«

Ludwig Fehrenbach
Schattenspiel der *Münchener Bilderbogen*
19. Jahrhundert

Richard Berczeller

Ein Notfall

Ich hatte kaum zu Ende gelesen, als die Türklingel läutete. Ich sah nach und fand einen Jungen draußen stehen. Mit aufgeregter Stimme sagte er mir, daß Herr Quinn sehr krank sei – es sei dringend. Ich steckte den Brief ein, ergriff meine Arzttasche und folgte dem Jungen, der mir in Richtung zu den Gasometern den East River entlang vorauslief.

In der Vierzehnten Straße fand ich in einem baufälligen alten Mietshaus mit einer Feuertreppe meinen Patienten, der schwer atmend auf einem Stuhl in der Küche saß. Kalter Schweiß bedeckte seine Stirn, rann sein Gesicht herunter und durchnäßte seinen Hemdkragen. Ich horchte seine Brust ab. Rasselnde Geräusche waren zu hören. Sein Herzschlag war unregelmäßig und sehr schnell, sein Blutdruck 90/55. Er hatte ein Lungenödem und schon bald würde sich eine Lähmung des Gefäßsystems einstellen.

Ich machte ihm eine Demerol-Einspritzung, woraufhin er sich besser fühlte.

»Nun werde ich einen Krankenwagen bestellen«, sagte ich zu ihm.

»Können wir es nicht noch ein paar Tage hier versuchen?« Er stieß die Worte keuchend hervor.

»Nein«, erwiderte ich. »Sie müssen ins Krankenhaus.«

»Werden Sie mich behandeln?«

»Freilich, Herr Quinn.«

»Also schön.«

Es gab kein Telefon im Haus. Ich ging zu einer Bar in der Avenue C. Zum Glück konnte ich noch ein Bett im Beth-Israel-Krankenhaus bekommen. Als ich in Herrn Quinns Wohnung zurückkam, hatte sein Zustand sich verschlechtert. Die Atemnot hatte zugenommen und seine Lippen waren blau. Bevor der Ambulanzwagen mit dem Sauerstoffapparat ankam, bezweifelte ich, daß Herr Quinn am Leben bleiben würde.

Als ich an diesem Abend meine Krankenvisite machte, zeigte Herr Quinn Anzeichen der Besserung. Sein Puls war fast regelmäßig, der Blutdruck höher, die rasselnden Geräusche in der Brust hatten abgenommen. Ich beschloß, daß ich ihn am nächsten Tag der Pflege der Stationsschwestern überlassen und seine einzigartige freiwillige »Privatpflegerin«, Fräulein Rabinowitz, entlasten konnte.

Diese schon ältere, einer Menge von Leuten aus der Umgegend wohlbekannte Frau war eines der hingebungsvollsten, aufopferndsten Wesen, denen ich jemals begegnet bin. Sie war im Fall Quinn aus eigenem Entschluß und ohne Bezahlung aus reiner Menschenfreundlichkeit gekommen. Als er eingeliefert wurde und in dem Sauerstoffzelt wieder einigermaßen zu Kräften kam, begann er zu sprechen und gab der typischen Angst über das Geschehene Ausdruck.

»Was war mit mir los, Doc? War es ein Herzanfall?«

»Ein leichter«, erklärte ich ihm. »Sie werden wieder in Ordnung kommen. Sie wissen doch, wie viele Menschen hier bereits Herzanfälle gehabt haben und jetzt wieder an der Arbeit und wohlauf sind.«

»Ja, aber ...«

Fräulein Rabinowitz kam in die Station. Sie sah abgespannt aus und ging, als ob jeder Schritt eine Anstrengung für sie bedeute. Meistens war sie als Privatpflegerin tätig und gewöhnlich nachts. Hier aber kam sie mitten am Vormittag; sie sei dazu da, sagte sie, um gleich an die Arbeit zu gehen. Ich nahm sie beiseite und erklärte ihr, daß Herr Quinn, der allerdings eine Privatpflegerin brauchte, sich keine leisten konnte.

»Glauben Sie, ich weiß das nicht?« sagte sie.

Ich ging beruhigt weg, da ich wußte, daß Herr Quinn sich in den besten Händen befand.

Jetzt war er der Genesung näher. Ich beendete meine Krankenvisite und ging dann nach Hause zum Abendessen.

Ernst Jandl

fünfter sein

tür auf
einer raus
einer rein
vierter sein

tür auf
einer raus
einer rein
dritter sein

Norman Junge
tagherrdoktor
Illustration zu Ernst Jandl, *fünfter sein*

tür auf
einer raus
einer rein
zweiter sein

tür auf
einer raus
einer rein
nächster sein

tür auf
einer raus
selber rein
tagherrdoktor

Elias Canetti

Die zuckrige Freundlichkeit des Herrn Dozenten

Es war die Zeit, als das Brot gelb und schwarz wurde, mit Beimischungen von Mais und anderen, weniger guten Dingen. Man mußte sich anstellen vor den Lebensmittelgeschäften, auch wir Kinder wurden hingeschickt, so kam ein wenig mehr zusammen. Die Mutter begann das Leben schwieriger zu finden. Gegen Ende des Winters kam ihr Zusammenbruch. Ich weiß nicht, was ihre

Krankheit damals war, aber sie lag lange Wochen in einem Sanatorium nieder und erholte sich nur langsam. Anfangs durfte ich sie nicht einmal besuchen, doch allmählich wurde es besser und ich fand mich mit Blumen in ihrem Sanatorium auf der Elisabethpromenade ein. Da sah ich dann zum erstenmal ihren Arzt, den Direktor der Anstalt, bei ihr, einen Mann mit einem dichten schwarzen Bart, der medizinische Bücher geschrieben hatte und Dozent an der Wiener Universität war. Er betrachtete mich mit zuckriger Freundlichkeit aus halbgeschlossenen Augen und sagte: »Also das ist ja der große Shakespeare-Kenner! Und Kristalle sammelt er auch. Von dir hab ich schon viel gehört. Deine Mama redet immer über dich. Du bist schon weit für dein Alter.«

Die Mutter hatte zu ihm über mich gesprochen! Er wußte alles über die Sachen, die wir zusammen lasen. Er *lobte* mich. Die Mutter lobte mich nie. Ich mißtraute seinem Bart und wich ihm aus. Ich fürchtete, er könne mich einmal mit dem Bart *streifen* und dann würde ich mich auf der Stelle in einen Sklaven verwandeln, der ihm alles zutragen müßte. Der Ton seiner Stimme, die ein wenig durch die Nase ging, war wie von Lebertran. Er wollte mir die Hand auf den Kopf legen, vielleicht um mich mit ihr zu loben. Aber ich wich ihr aus, indem ich mich blitzrasch duckte und er schien ein wenig betroffen. »Ein stolzer Junge, den Sie da haben, gnädige Frau, läßt sich nur von Ihnen anrühren!« Dieses Wort »anrühren« ist mir im Sinn geblieben, es hat mich zu meinem Haß gegen ihn bestimmt, einem Haß, wie ich ihn noch nie gekannt hatte. Er tat mir nichts, aber er schmeichelte mir und suchte mich zu gewinnen. Er tat das von nun an mit erfinderischer Zähigkeit, er dachte sich Geschenke aus, mit denen er mich zu überrumpeln suchte, und wie hätte er annehmen sollen, daß der Wille eines noch nicht elfjährigen Kindes dem seinen nicht nur ebenbürtig war, sondern stärker.

Denn er bemühte sich sehr um meine Mutter, sie hatte eine tiefe Neigung in ihm geweckt, wie er ihr sagte – aber das erfuhr ich erst später –, die tiefste seines Lebens. Er wollte sich um ihretwillen von seiner Frau scheiden lassen. Er werde sich der drei Kinder annehmen und ihr bei ihrer Erziehung helfen. Alle drei könnten an der Wiener Universität studieren, der älteste solle aber auf alle Fälle Mediziner werden, und wenn er Lust habe, könne er auch später sein Sanatorium übernehmen. Die Mutter war nicht mehr offen zu mir, sie hütete sich, mir das alles zu sagen, sie wußte, daß es mich *vernichtet* hätte. Ich hatte das Gefühl, daß sie zu lange im Sanatorium blieb, er wollte sie nicht weglassen. »Du bist doch schon ganz gesund«, sagte ich ihr bei jedem Besuch. »Komm nach Haus und ich werde dich pflegen.« Sie lächelte, ich sprach, als wäre ich erwachsen, ein Mann und gar ein Arzt dazu, der alles wisse, was zu tun sei. Am liebsten hätte ich sie aus dem Sanatorium getragen, auf meinen eigenen Armen. »Eines Nachts komm ich dich rauben«, sagte ich. »Es ist aber zugesperrt unten, du kommst nicht herein. Du mußt schon warten, bis der Arzt mir erlaubt, nach Hause zu gehen. Jetzt dauert es nicht mehr lange.«

Als ich nach Hause zurückkam, wurde vieles anders. Der Herr Dozent verschwand nicht aus unserem Leben, er kam sie besuchen, er kam zum Tee.

August Strindberg

Böswillige Absichten?

Kleinigkeiten halten ohne Unterlaß meinen Argwohn auf die böswilligen Absichten des Doktors wach.

Heute hat er ganz neue Äxte, Sägen und Hämmer in die Gartenveranda gelegt. Was will er damit? In seinem Schlafzimmer sind zwei Gewehre und ein Revolver und in einem Korridor eine Sammlung von Äxten, die jedoch viel zu schwer sind, um zur Hausarbeit verwendet werden zu können. Welch satanischer Zufall, dieser Henker- und Folterapparat hier vor meinen Augen! Denn ich kann mir nicht erklären, was er soll und weshalb er da ist.

Die Nächte verlaufen für mich ziemlich ruhig, während der Doktor auf nächtliche Wanderungen verfällt. So erschreckt mich einmal mitten in einer finsteren Nacht ein plötzlicher Gewehrschuß. Aus Höflichkeit tue ich, als ob ich nichts hörte. Am anderen Morgen erklärt er mir die Sache; es sei ein Trupp Spechte in den Garten gekommen und habe seinen Schlaf gestört.

Ein anderes Mal höre ich zwei Uhr nachts die heisere Stimme der Wirtschafterin. Wieder ein anderes Mal höre ich den Doktor seufzen und stöhnen und den »Herrn Zebaoth« anrufen.

Spukt es in diesem Haus, und wer hat es mich aufsuchen heißen?

Ich kann ein Lächeln nicht unterdrücken, wenn ich sehe, wie der Alp, von dem ich besessen gewesen, nun von meinen Kerkermeistern Besitz ergreift. Aber meine ruchlose Freude sollte sofort bestraft werden. Ein furchtbarer Anfall überwältigt mich; mein Herzschlag stockt, und ich höre zwei Worte, die ich mir in meinem Tagebuch vermerkt habe. Eine unbekannte Stimme ruft: »Drogist Luthardt.«

Drogist! Vergiftet man mich langsam mit Alkaloiden, die wie Hyoscyamin, Haschisch, Digitalin und Stramonin Delirien hervorrufen?

Ich weiß es nicht, aber seitdem verdoppelt sich mein Argwohn. Man wagt mich nicht zu ermorden, aber man sucht mich durch künstliche Mittel wahnsinnig zu machen, um mich dann in einem Irrenhaus verschwinden zu lassen. Der Schein spricht stärker und stärker gegen den Doktor. Ich entdecke, daß er hinter meine Goldsynthese gekommen ist, ja, diese Synthese vielleicht schon eher gekannt hat als ich. Alles übrige, was er sagt, widerspricht sich im nächsten Augenblick, und einem Lügner gegenüber nimmt meine Phantasie die Stange zwischen die Zähne und jagt bis über die Grenzen aller Vernunft.

Am Morgen des 8. August gehe ich vor der Stadt spazieren. An der Chaussee singt eine Telegrafenstange; ich trete herzu, lege mein Ohr daran und lausche wie bezaubert. Am Fuß der Stange liegt zufällig ein Hufeisen. Ich hebe es als einen Glücksbringer auf und stecke es ein.

10. August. Das Benehmen des Doktors hat mich in den letzten Tagen mehr als je beunruhigt. In seiner geheimnisvollen Miene lese ich, daß er mit sich selbst gerungen hat, sein Gesicht ist bleich, seine Augen sind tot. Den ganzen Tag über singt oder pfeift er; ein Brief, den er empfangen, hat ihn sehr erregt.

Nachmittags kommt er mit blutigen Händen von einer Operation nach Hause und bringt einen zwei Monate alten Fötus mit. Er sieht wie ein Fleischer aus und spricht sich über die befreite Mutter in einer widerlichen Art aus.

»Man töte die Schwachen und beschütze die Starken! Nieder mit dem Mitleid, denn es bringt die Menschheit herunter!«

Ich höre ihn voll Schrecken an und beobachte ihn, nachdem wir uns auf der Schwelle, die unsere Zimmer trennt, gute Nacht gewünscht, heimlich weiter. Zuerst geht er in den Garten, ich kann jedoch nicht hören, was er da tut. Dann tritt er in die an mein Schlafzimmer stoßende Veranda und hält sich dort auf. Er hantiert mit einem ziemlich schweren Gegenstand und zieht ein Uhrwerk auf, das jedoch zu keiner Uhr gehört. Alles geht fast lautlos vor sich, was noch mehr auf zweideutige Heimlichkeiten hinweist.

Halb entkleidet, erwarte ich stehend, unbeweglich, ohne zu atmen, das Resultat dieser geheimnisvollen Vorbereitungen.

Da strahlt auch schon wieder das wohlbekannte elektrische Fluidum durch die Wand an meinem Bett, sucht meine Brust und unter dieser mein Herz. Die Spannung wächst ... ich greife nach meinen Kleidern, gleite durchs Fenster und ziehe mich erst außerhalb des Hauses an.

Noch einmal auf der Straße, auf dem Pflaster, und hinter mir meine letzte Zuflucht, mein einziger Freund. Ziellos irre ich vorwärts; als ich wieder zu mir komme, gehe ich geraden Wegs zum Arzt der Stadt. Ich muß läuten, muß warten und bereite mich vor, was ich sagen werde, ohne daß auf meinen Freund ein schlechtes Licht fällt.

Endlich erscheint der Doktor. Ich entschuldige mich

wegen meines nächtlichen Besuchs, aber ... Schlaflosigkeit, Herzklopfen bei einem Kranken, der das Vertrauen zu seinem Arzt verloren hat u.s.w. Mein vortrefflicher Freund, dessen Gastfreundschaft ich angenommen hätte, behandele mich als eingebildeten Kranken und wolle mich nicht anhören.

Als habe er auf meinen Besuch gewartet, lädt mich der Arzt ein, Platz zu nehmen und bietet mir eine Zigarre und ein Glas Wein an.

Ich atme auf, mich endlich wieder als anständigen Menschen und nicht mehr als elenden Idioten behandelt zu sehen. Wir verplaudern zwei Stunden, und der Arzt entpuppt sich als Theosoph, dem ich, ohne mich zu kompromittieren, alles mitteilen kann.

Nach Mitternacht endlich erhebe ich mich, um ein Hotel aufzusuchen; der Doktor jedoch rät mir, nach Hause zurückzukehren.

»Niemals, er wäre fähig, mich zu ermorden.«

»Wenn ich Sie begleite?«

»Dann wird uns das feindliche Feuer zusammen treffen. Aber er wird mir niemals verzeihen!«

»Trotzdem, wagen wir's!«

Und so gehe ich denn nach Hause zurück. Die Tür ist zu, und ich klopfe.

Als nach einer Minute mein Freund öffnet, da bin ich es, der von Mitleid ergriffen wird. Er, der Chirurg, der mitleidlos leiden zu lassen gewohnt ist, er, der Prophet des vorbedachten Mordes – wie bedauernswert sieht er aus! Er ist leichenblaß, zittert, stammelt und knickt beim Anblick des hinter mir stehenden Arztes in sich zusammen, daß mich ein Schrecken, größer als alle vorhergehenden, ergreift.

Sollte es denkbar sein, daß dieser Mann einen Mord beabsichtigt hätte, und daß er nun Entdeckung fürchtete? Nein, es ist undenkbar, ich verwerfe diesen Gedanken, er ist ruchlos.

Nach unbedeutenden und von meiner Seite geradezu lächerlichen Phrasen trennen wir uns, um schlafen zu gehen.

Am besten ohne Arzt

Womöglich ohne Arzt leben. – Es will mir scheinen, als ob ein Kranker leichtsinniger sei, wenn er einen Arzt hat, als wenn er selber seine Gesundheit besorgt. Im ersten Falle genügt es ihm, streng in Bezug auf alles Vorgeschriebene zu sein; im andern Falle fassen wir Das, worauf jene Vorschriften abzielen, unsere Gesundheit, mit mehr Gewissen in's Auge und bemerken viel mehr, gebieten und verbieten uns viel mehr, als auf Veranlassung des Arztes geschehen würde. – Alle Regeln haben diese Wirkung: vom Zwecke hinter der Regel abzuziehen und leichtsinniger zu machen. – Und wie würde der Leichtsinn der Menschheit in's Unbändige und Zerstörerische gestiegen sein, wenn sie jemals vollkommen ehrlich der Gottheit als ihrem Arzte Alles überlassen hätte, nach dem Worte »wie Gott will«! –

Friedrich Nietzsche, *Morgenröte*

Ein kraftloser Körper schwächt die Seele. Daher auch die Herrschaft der Heilkunst, einer den Menschen weitaus schädlicheren Kunst als alle Übel, die sie zu heilen vorgibt. Ich meinerseits kenne keine Krankheit, von der die Ärzte uns heilen könnten; indessen weiß ich, daß sie uns höchst verderbliche bereiten: Feigheit, Verzagtheit, Leichtgläubigkeit und Schreck vor dem Tod. Heilen sie auch den Körper, so töten sie die Tatkraft. Was nützt es uns, wenn sie Leichname wieder auf die Beine bringen? Wir brauchen Menschen, aber aus ihren Händen sehen wir keine hervorkommen.

JEAN-JACQUES ROUSSEAU,
Emile oder Über die Erziehung

KRANKHEIT? DIE GIBT ES NICHT!
SIE IST EINE ERFINDUNG DER ÄRZTE!
MIT DEN ÄRZTEN WIRD SIE VERSCHWINDEN!

Wer steigt aus seinem Bett und lacht?
DER MORIBUND!
TOT IST DER ARZT! –
ICH BIN GESUND!

WALTER E. RICHARTZ, *Tod den Ärzten*

Hypochonder und Simulanten, möglicherweise

Peter Altenberg

Die Nerven

Ich hatte einen Freund, einen höchst intelligenten Menschen. Aber seine Nerven, oh, die waren gar nicht intelligent---.

Eines Abends im Café sagte er zu mir: »Du, Peter, du könntest mir einen riesigen Freundschaftsdienst erweisen! Ich fühle mich heute wieder so greisenhaft, so ausgelöscht---. Bitte sage mir nach fünf Minuten, daß ich heute besonders frisch und jugendlich aussehe---.«

Ich nahm die Uhr, legte sie auf den Tisch und sagte nach fünf Minuten: »Du, sage mir, was ist heute los mit dir? So jugendlich frisch hast du wirklich schon lange nicht ausgesehen---.«

Er wurde ganz rot vor Freude, ganz begeistert und erwiderte: »Wirklich? Das freut mich! Solche angenehmen Sachen sagt einem halt niemand auf der Welt wie du!«

JAROSLAV HAŠEK

Im Lazarett

Militärarzt Grünstein schritt von Bett zu Bett, hinter ihm ein Sanitätsunteroffizier mit dem Protokollbuch.

»Makuna?«

»Hier!«

»Klistier und Aspirin! – Pokorny?«

»Hier!«

»Magen auspumpen und Chinin! – Kowařik?«

»Hier!«

»Klistier und Aspirin! – Katatko?«

»Hier!«

»Magen auspumpen und Chinin!«

Und so gings einer nach dem andern, ohne Erbarmen, mechanisch, kurz. »Schwejk?«

»Hier!«

Doktor Grünstein betrachtete den neuen Zuwachs.

»Was fehlt Ihnen?«

»Melde gehorsamst, ich hab Rheuma!«

Doktor Grünstein hatte sich während der Zeit seiner Praxis eine feine Ironie angeeignet, die viel nachdrücklicher wirkte als Geschrei.

»Aha, Rheuma«, sagte er zu Schwejk, »da haben Sie aber eine äußerst schwere Krankheit. Es ist wirklich ein Zufall, Rheuma zu bekommen, wenn ein Weltkrieg ausgebrochen ist und man in den Krieg ziehn soll. Ich glaube, das muß Sie schrecklich verdrießen.«

»Melde gehorsamst, Herr Oberarzt, daß es mich schrecklich verdrießt.«

»Da schau her, es verdrießt ihn also. Das ist sehr hübsch von Ihnen, daß Sie sich gerade jetzt an diesen Rheumatismus erinnert haben. In Friedenszeiten läuft so ein armer Teufel herum wie ein Zickel, aber wie ein Krieg ausbricht, gleich hat er Rheuma, und gleich versagen ihm die Knie. Tun Ihnen nicht die Knie weh?«

»Melde gehorsamst, daß ja.«

»Und die ganzen Nächte können Sie nicht schlafen, nicht wahr? Rheuma ist eine sehr gefährliche, schmerzhafte und schwere Krankheit. Wir haben hier mit Rheumatikern schon gute Erfahrungen gemacht. Die absolute Diät und der übrige Teil unserer Behandlung hat sich sehr bewährt. Sie werden hier früher gesund werden als in Pystian und werden an die Front marschieren, daß es hinter Ihnen nur so stauben wird.«

Zum Sanitätsunteroffizier gewendet, sagte er:

»Schreiben Sie: Schwejk, absolute Diät, zweimal täglich Magen auspumpen, einmal täglich ein Klistier. Wies weitergehn wird, werden wir sehn. Inzwischen führen Sie ihn ins Ordinationszimmer, pumpen Sie ihm den Magen aus, und bis er zu sich kommt, geben Sie ihm ein Klistier, aber ein ordentliches, daß er alle Heiligen anruft, damit sein Rheuma erschrickt und davonläuft.«

Dann wandte er sich allen Betten zu und hielt eine Rede voll schöner und vernünftiger Sentenzen:

»Glaubt nicht, daß ihr einen Ochsen vor euch habt, der sich alles an die Nase binden läßt. Mich bringt euer Benehmen durchaus nicht aus dem Gleichgewicht. Ich weiß, daß ihr alle Simulanten seid, daß ihr vom Militär desertieren wollt. Und demgemäß behandle ich euch. Ich habe Hunderte und Hunderte solcher Soldaten überlebt, wie ihr es seid. In diesen Betten sind ganze Scharen von

Menschen gelegen, denen nichts anderes gefehlt hat als kriegerischer Geist. Während ihre Kameraden im Felde kämpfen, haben sie geglaubt, daß sie sich in den Betten wälzen, Krankenkost bekommen und warten können, bis der Krieg vorbei ist. Da haben sie sich aber sakramentisch getäuscht, und auch ihr alle werdet euch sakramentisch täuschen. Noch nach zwanzig Jahren werdet ihr aus dem Schlaf schreien, wenn ihr davon träumen werdet, wie ihr bei mir simuliert habt.«

»Melde gehorsamst, Herr Oberarzt«, ertönte es leise aus einem Bett beim Fenster, »ich bin schon gesund, ich hab schon in der Nacht bemerkt, daß mir der Stickhusten vergangen is.«

»Sie heißen?«

»Kowarik, melde gehorsamst, ich soll ein Klistier bekommen.«

»Gut, das Klistier bekommen Sie noch auf den Weg«, entschied Doktor Grünstein, »damit Sie sich nicht beschweren, daß wir Sie hier nicht behandelt haben. So, und jetzt alle Maroden, die ich vorgelesen habe, dem Unteroffizier nach, damit jeder bekommt, was ihm gebührt.«

George Grosz
Der Hypochonder
um 1900

FRIEDRICH DÜRRENMATT

Ein Todkranker mit gesegnetem Appetit

»Wir müssen deinen Sieg feiern«, antwortete der Alte ruhig und schob den Leuchter etwas auf die Seite, so daß sie sich voll ins Gesicht sahen. Dann klatschte er in die Hände. Die Türe öffnete sich, und eine stattliche, rundliche Frau brachte eine Platte, die bis zum Rande überhäuft war mit Sardinen, Krebsen, Salaten von Gurken, Tomaten, Erbsen, besetzt mit Bergen von Mayonnaise und Eiern, dazwischen kalter Aufschnitt, Hühnerfleisch und Lachs. Der Alte nahm von allem. Tschanz, der sah, was für eine Riesenportion der Magenkranke aufschichtete, ließ sich in seiner Verwunderung nur etwas Kartoffelsalat geben.

»Was wollen wir trinken?« sagte Bärlach, »Ligerzer?«

»Gut, Ligerzer«, antwortete Tschanz wie träumend. Das Dienstmädchen kam und schenkte ein. Bärlach fing an zu essen, nahm dazu Brot, verschlang den Lachs, die Sardinen, das Fleisch der roten Krebse, den Aufschnitt, die Salate, die Mayonnaise und den kalten Braten, klatschte in die Hände, verlangte noch einmal. Tschanz, wie starr, war noch nicht mit seinem Kartoffelsalat fertig. Bärlach ließ sich das Glas zum dritten Male füllen.

»Nun die Pasteten und den roten Neuenburger«, rief er. Die Teller wurden gewechselt. Bärlach ließ sich drei Pasteten auf den Teller legen, gefüllt mit Gänseleber, Schweinefleisch und Trüffeln.

»Sie sind doch krank, Kommissär«, sagte Tschanz endlich zögernd.

»Heute nicht, Tschanz, heute nicht. Ich feiere, daß ich Schmieds Mörder endlich gestellt habe!«

Er trank das zweite Glas Roten aus und fing die dritte Pastete an, pausenlos essend, gierig die Speisen dieser Welt in sich hineinschlingend, zwischen den Kiefern zermalmend, ein Dämon, der einen unendlichen Hunger stillte. An der Wand zeichnete sich, zweimal vergrößert, in wilden Schatten seine Gestalt ab, die kräftigen Bewegungen der Arme, das Senken des Kopfes, gleich dem Tanz eines triumphierenden Negerhäuptlings. Tschanz sah voll Entsetzen nach diesem unheimlichen Schauspiel, das der Todkranke bot. Unbeweglich saß er da, ohne zu essen, ohne den geringsten Bissen zu sich zu nehmen, nicht einmal am Glas nippte er. Bärlach ließ sich Kalbskoteletten, Reis, Pommes frites und grünen Salat bringen, dazu Champagner. Tschanz zitterte.

»Sie verstellen sich«, keuchte er, »Sie sind nicht krank!«

Der andere antwortete nicht sofort. Zuerst lachte er, und dann beschäftigte er sich mit dem Salat, jedes Blatt einzeln genießend. Tschanz wagte nicht, den grauenvollen Alten ein zweites Mal zu fragen.

»Ja, Tschanz«, sagte Bärlach endlich, und seine Augen funkelten wild, »ich habe mich verstellt. Ich war nie krank«, und er schob sich ein Stück Kalbfleisch in den Mund, aß weiter, unaufhörlich, unersättlich.

Da begriff Tschanz, daß er in eine heimtückische Falle geraten war, deren Türe nun hinter ihm ins Schloß schnappte. Kalter Schweiß brach aus seinen Poren. Das Entsetzen umklammerte ihn mit immer stärkeren Armen. Die Erkenntnis seiner Lage kam zu spät, es gab keine Rettung mehr.

»Sie wissen es, Kommissär«, sagte er leise.

»Ja, Tschanz, ich weiß es«, sagte Bärlach fest und ruhig, aber ohne dabei die Stimme zu heben, als spräche er von etwas Gleichgültigem. »Du bist Schmieds Mörder.« Dann griff er nach dem Glas Champagner und leerte es in einem Zug.

»Ich habe es immer geahnt, daß Sie es wissen«, stöhnte der andere fast unhörbar.

Günter Grass

Der wohldosierte Sturz

Beschrieb ich soeben ein Foto, das Oskars ganze Figur mit Trommel, Trommelstöcken zeigt, und gab gleichzeitig kund, was für längstgereifte Entschlüsse Oskar während der Fotografiererei und angesichts der Geburtstagsgesellschaft um den Kuchen mit den drei Kerzen faßte, muß ich jetzt, da das Fotoalbum verschlossen neben mir schweigt, jene Dinge zur Sprache bringen, die zwar meine anhaltende Dreijährigkeit nicht erklären, sich aber dennoch – und von mir herbeigeführt – ereigneten.

Von Anfang an war mir klar: Die Erwachsenen werden dich nicht begreifen, werden dich, wenn du für sie nicht mehr sichtbar wächst, zurückgeblieben nennen, werden dich und ihr Geld zu hundert Ärzten schleppen, und wenn nicht deine Genesung, dann die Erklärung für deine Krankheit suchen. Ich mußte also, um die Konsultationen auf ein erträgliches Maß beschränken zu können, noch bevor der Arzt seine Erklärung abgab, meinerseits den plausiblen Grund fürs ausbleibende Wachstum liefern.

Ein sonniger Septembertag, mein dritter Geburtstag. Zarte, nachsommerliche Glasbläserei, selbst Gretchen Schefflers Gelächter gedämpft. Mama am Klavier aus dem Zigeunerbaron intonierend, Jan hinter ihr und dem Schemelchen stehend, ihre Schulter berührend, die Noten studieren wollend. Matzerath schon das Abendbrot vorbereitend in der Küche. Großmutter Anna mit Hedwig Bronski und Alexander Scheffler zum Gemüsehändler Greff hinrückend, weil Greff immer Geschichten wußte, Pfadfindergeschichten, in deren Verlauf sich Treue und Mut zu beweisen hatten; dazu eine Standuhr, die keine Viertelstunde des feingesponnenen Septembertages ausließ; und da alle gleich der Uhr so beschäftigt waren und sich vom Ungarnland des Zigeunerbarons über Greffs Vogesen durchwandernde Pfadfinder eine Linie an Matzeraths Küche vorbei, wo kaschubische Pfifferlinge mit Rührei und Bauchfleisch in der Pfanne erschraken, zum Laden hin durch den Korridor zog, folgte ich, leichthin auf meiner Trommel dröselnd, der Flucht, stand schon im Laden hinter dem Ladentisch: fern das Klavier, die Pfifferlinge und Vogesen, und bemerkte, daß die Falltür zum Keller offenstand; Matzerath, der eine Konservendose mit gemischtem Obst für den Nachtisch hochgeholt hatte, mochte vergessen haben, sie zu schließen.

Es bedurfte doch immerhin einer Minute, bis ich begriff, was die Falltür zu unserem Lagerkeller von mir verlangte. Bei Gott, keinen Selbstmord! Das wäre wirklich zu einfach gewesen. Das andere jedoch war schwierig, schmerzhaft, verlangte ein Opfer und trieb mir schon damals, wie immer, wenn mir ein Opfer abverlangt wird, den Schweiß auf die Stirn. Vor allen Dingen durfte meine Trommel keinen Schaden nehmen, wohlbehalten galt es, sie die sechzehn ausgetretenen Stufen hinab zu tragen und zwischen den Mehlsäcken, ihren unbeschädigten Zustand motivierend, zu plazieren. Dann wieder hinauf bis zur achten Stufe, nein, eine tiefer, oder die fünfte täte es auch. Aber Sicherheit und glaubwürdiger Schaden ließen sich von dort herab nicht verbinden. Wieder hinauf, zu hoch hinauf auf die zehnte Stufe, und endlich von der neunten Stufe hinab stürzte ich mich, ein Regal voller Flaschen mit Himbeersirup mitreißend, kopfvoran auf den Zementboden unseres Lagerkellers.

Noch bevor sich meinem Bewußtsein die Gardine vorzog, bestätigte ich mir den Erfolg des Experimentes: Die mit Absicht herabgerissenen Himbeersirupflaschen lärmten genug, um Matzerath aus der Küche, Mama vom Klavier, den Rest der Geburtstagsgesellschaft aus den Vogesen in den Laden zur offenen Falltür und die Treppe hinunter zu locken.

Bevor sie kamen, ließ ich noch den Geruch des fließenden Himbeersirups auf mich wirken, nahm auch wahr, daß mein Kopf blutete, und überlegte mir noch, während sie schon auf der Treppe waren, ob wohl Oskars Blut oder die Himbeeren so süß und müdemachend rochen, war aber heilfroh, daß alles geklappt und die Trommel dank meiner Vorsicht keinen Schaden genommen hatte.

Ich glaube, Greff trug mich hoch. Im Wohnzimmer erst tauchte Oskar wieder aus jener Wolke auf, die wohl zur Hälfte aus Himbeersirup und zur anderen Hälfte aus seinem jungen Blut bestand. Der Arzt war noch nicht da, Mama schrie und schlug Matzerath, der sie beruhigen wollte, mehrmals und nicht nur mit der Handfläche, auch mit dem Handrücken, ihn einen Mörder nennend, ins Gesicht.

Da hatte ich also – und die Ärzte haben es immer wieder bestätigt – mit einem einzigen, zwar nicht harmlosen, aber doch von mir wohldosierten Sturz nicht nur den für die Erwachsenen so wichtigen Grund des ausbleibenden Wachstums geliefert, sondern als Zugabe und ohne es eigentlich zu wollen den guten harmlosen Matzerath zu einem schuldigen Matzerath gemacht. Er hatte die Falltür offengelassen, ihm wurde von Mama alle Schuld aufgebürdet, und er hatte Gelegenheit, Jahre an dieser Schuld, die ihm Mama zwar nicht oft, aber dann unerbittlich vorwarf, zu tragen.

Mir brachte der Sturz vier Wochen Krankenhausaufenthalt ein und danach, bis auf die späteren Mittwochbesuche bei Dr. Hollatz, verhältnismäßige Ruhe vor den Ärzten; schon anläßlich meines ersten Trommlertages war es mir gelungen, der Welt ein Zeichen zu geben, mein Fall war geklärt, bevor die Erwachsenen ihn dem wahren, von mir bestimmten Sachverhalt nach begriffen hatten. Fortan hieß es: An seinem dritten Geburtstag stürzte unser kleiner Oskar die Kellertreppe hinunter, blieb zwar sonst beieinander, nur wachsen wollte er nicht mehr.

Ljudmila Ulitzkaja

Eine nützliche Nervenschwäche

»Ja, Medea Georgijewna, da ist noch etwas, das ich als Ihr künftiger Ehemann Ihnen erzählen muß. Die Sache ist die – ich bin als psychisch krank registriert. Das heißt, ich bin völlig gesund. Es ist eine alte Geschichte, aber trotzdem muß ich sie Ihnen erzählen.

1920 wurde ich einer Abteilung der Sondertruppen zugeteilt und fuhr hinaus, Getreide konfiszieren. Eine Angelegenheit von größter Wichtigkeit, das war mir immer bewußt. Und natürlich fanden wir im Dorf Wassilistschewo im Gouvernement Tambow tatsächlich Getreide. Ich bin sicher, daß auf jedem Hof etwas versteckt war, aber wir fanden es nur auf zwei Höfen, offensichtlich nicht den reichsten. Der Befehl lautete: Wer Getreide versteckte, war zur Abschreckung zu erschießen. Die Rotarmisten führten die drei Männer zum Ortsausgang. Sie wurden abgeführt, und die Leute liefen hinterher. Es waren zwei Brüder mit einem gemeinsamen Hof und ein alter Mann. Ihre Weiber kamen angelaufen und die Kinder. Eine gelähmte Alte, die Mutter des alten Bauern, kroch hinterher. Vier Pud Getreide wurden bei ihnen beschlagnahmt, bei den Brüdern ganze anderthalb. Und ich, Medea Georgijewna, war der Leiter der Versorgungsabteilung. Die drei standen da, davor die Rotarmisten mit Gewehren. Und da stimmten die Weiber und Kinder ein derartiges Geheul an, daß mir plötzlich etwas den Kopf vernebelte, und ich fiel um. Ich hatte einen Anfall wie ein Epileptiker. Ich bekam natürlich nichts mehr mit. Sie legten mich auf einen Wagen, direkt auf das Getreide, und brachten mich in die Stadt. Ich war, sagten sie, ganz schwarz, Arme und Beine völlig steif. Drei Monate hab ich im Krankenhaus gelegen, dann wurde ich ins Sanatorium geschickt, danach mußte ich vor eine Kommission, und da wurde festgestellt, daß ich nervlich labil bin. Nach der Kommission sollte ich in die Wirtschaftsabteilung der Partei. Aber ich überlegte und bat, Dentist werden zu dürfen. Sie berücksichtigten meine Nervenschwäche und ließen mich gehen. Sie haben vielleicht bemerkt, daß ich ein guter Dentist bin. Ich beherrsche sowohl die therapeutische Arbeit als auch die Prothetik. Auch meine parteilichen Anschauungen habe ich nicht geändert. Aber mein Organismus ist trotzdem schwach. Sobald es gilt, eine parteiliche Position zu beziehen, möchte ich es von ganzem Herzen, aber mein Organismus wird von Angst und Schwäche erfaßt – ich fürchte, einen Anfall zu bekommen, Nervenfieber ... wie gestern auf der Versammlung. Aber das erzähle ich Ihnen als mein großes Geheimnis, obwohl das auch in meinem Krankenblatt steht. Ich hatte die Möglichkeit, das zu bereinigen. Aber ich dachte, nein, ich tue es nicht, sonst ziehen sie mich wieder auf Parteilinie zur operativen Arbeit heran, und das kann ich nicht. Und wenn man mich totschlägt, ich kann es nicht. Aber sonst habe ich keine Mängel, Medea Georgijewna.«

Franz Kafka

Der kranke Advokat

Der Onkel läutete gleich im Parterre bei der ersten Tür; während sie warteten, fletschte er lächelnd seine großen Zähne und flüsterte: »Acht Uhr, eine ungewöhnliche Zeit für Parteienbesuche. Huld nimmt es mir aber nicht übel.« Im Guckfenster der Tür erschienen zwei große schwarze Augen, sahen ein Weilchen die zwei Gäste an und verschwanden; die Tür öffnete sich aber nicht. Der Onkel und K. bestätigten einander gegenseitig die Tatsache, die zwei Augen gesehen zu haben. »Ein neues Stubenmädchen, das sich vor Fremden fürchtet«, sagte der Onkel und klopfte nochmals. Wieder erschienen die Augen, man konnte sie jetzt fast für traurig halten, vielleicht war das aber auch nur eine Täuschung, hervorgerufen durch die offene Gasflamme, die nahe über den Köpfen stark zischend brannte, aber wenig Licht gab. »Öffnen Sie«, rief der Onkel und hieb mit der Faust gegen die Tür, »es sind Freunde des Herrn Advokaten.« »Der Herr Advokat ist krank«, flüsterte es hinter ihnen. In einer Tür am andern Ende des kleinen Ganges stand ein Herr im Schlafrock und machte mit äußerst leiser Stimme diese Mitteilung. Der Onkel, der schon wegen des langen Wartens wütend war, wandte sich mit einem Ruck um, rief: »Krank? Sie sagen, er ist krank?« und gieng fast drohend, als sei der Herr die Krankheit, auf ihn zu. »Man hat schon geöffnet«, sagte der Herr, zeigte auf die Tür des Advokaten, raffte seinen Schlafrock zusammen und verschwand. Die Tür war wirklich geöffnet worden, ein junges Mädchen – K. erkannte die dunklen ein wenig hervorgewälzten Augen wieder – stand in langer weißer Schürze im Vorzimmer und hielt eine Kerze in der Hand. »Nächstens öffnen Sie früher«, sagte der Onkel statt einer Begrüßung, während das Mädchen einen kleinen Knix machte. »Komm, Josef«, sagte er dann zu K., der sich langsam an dem Mädchen vorüberschob. »Der Herr Advokat ist krank«, sagte das Mädchen, da der Onkel ohne sich aufzuhalten auf eine Tür zueilte. K. staunte das Mädchen noch an, während es sich schon umgedreht hatte, um die Wohnungstüre wieder zu versperren, es hatte ein puppenförmig gerundetes Gesicht, nicht nur die bleichen Wangen und das Kinn verliefen rund, auch die Schläfen und die Stirnränder. »Josef«, rief der Onkel wieder und das Mädchen fragte er: »Es ist das Herzleiden?« »Ich glaube wohl«, sagte das Mädchen, es hatte Zeit gefunden mit der Kerze voranzugehn und die Zimmertür zu öffnen. In einem Winkel des Zimmers, wohin das Kerzenlicht noch nicht drang, erhob sich im Bett ein Gesicht mit langem Bart. »Leni, wer kommt denn«, fragte der Advokat, der durch die Kerze geblendet die Gäste noch nicht erkannte. »Albert, Dein alter Freund ist es«, sagte der Onkel. »Ach Albert«, sagte der Advokat und ließ sich auf die Kissen zurückfallen, als bedürfe es diesem Besuch gegenüber keiner Verstellung. »Steht es wirklich so schlecht?« fragte der Onkel und setzte sich auf den Bettrand. »Ich glaube es nicht. Es ist ein Anfall Deines Herzleidens und wird vorübergehn wie die frühern.« »Möglich«, sagte der Advokat leise, »es ist aber ärger als es jemals gewesen ist. Ich atme schwer, schlafe gar nicht und verliere täglich an Kraft.« »So«, sagte der Onkel und drückte den Panamahut mit seiner großen Hand fest aufs Knie. »Das sind schlechte Nachrichten. Hast Du übrigens die richtige Pflege? Es ist auch so traurig hier, so dunkel. Es ist schon lange her, seitdem ich zum letztenmal hier war, damals schien es mir freundlicher. Auch Dein kleines Fräulein hier scheint nicht sehr lustig oder sie verstellt sich.« Das Mädchen stand noch immer mit der Kerze nahe bei der Tür, soweit ihr unbestimmter Blick erkennen ließ sah sie eher K. an als den Onkel, selbst als dieser jetzt von ihr sprach. K. lehnte an einem Sessel, den er in die Nähe des Mädchens geschoben hatte. »Wenn man so krank ist, wie ich«, sagte der Advokat, »muß man Ruhe haben. Mir ist es nicht traurig.« Nach einer kleinen Pause fügte er hinzu: »Und Leni pflegt mich gut, sie ist brav.« Den Onkel konnte das aber nicht überzeugen, er war sichtlich gegen die Pflegerin voreingenommen und wenn er jetzt auch dem Kranken nichts entgegnete so verfolgte er doch die Pflegerin mit strengen Blicken, als sie jetzt zum Bett hingieng, die Kerze auf das Nachttischchen stellte, sich über den Kranken hinbeugte und beim Ordnen der Kissen mit ihm flüsterte. Er vergaß fast die Rücksicht auf den Kranken, stand auf, gieng hinter der Pflegerin hin und her und K. hätte es nicht gewundert, wenn er sie hinten an den Röcken erfaßt und vom Bett fortgezogen hätte. K. selbst sah allem ruhig zu, die Krankheit des Advokaten war ihm sogar nicht ganz unwillkommen, dem Eifer, den der Onkel für seine Sache entwickelt hatte, hatte er sich nicht entgegenstellen können, die Ablenkung, die dieser Eifer jetzt ohne sein Zutun erfuhr, nahm er gerne hin. Da sagte der Onkel, vielleicht nur in der Absicht die Pflegerin zu beleidigen: »Fräulein bitte, lassen Sie uns ein Weilchen allein, ich habe mit meinem

Freund eine persönliche Angelegenheit zu besprechen.« Die Pflegerin, die noch weit über den Kranken hingebeugt war und gerade das Leintuch an der Wand glättete, wendete nur den Kopf und sagte sehr ruhig, was einen auffallenden Unterschied zu dem von Wut stockenden und dann wieder überfließenden Reden des Onkels bildete: »Sie sehen, der Herr ist so krank, er kann keine Angelegenheiten besprechen.« Sie hatte die Worte des Onkels wahrscheinlich nur aus Bequemlichkeit wiederholt, immerhin konnte es selbst von einem Unbeteiligten als spöttisch aufgefaßt werden, der Onkel aber fuhr natürlich wie ein Gestochener auf. »Du Verdammte«, sagte er im ersten Gurgeln der Aufregung noch ziemlich unverständlich, K. erschrak trotzdem er etwas Ähnliches erwartet hatte, und lief auf den Onkel zu mit der bestimmten Absicht ihm mit beiden Händen den Mund zu schließen. Glücklicherweise erhob sich aber hinter dem Mädchen der Kranke, der Onkel machte ein finsteres Gesicht, als schlucke er etwas Abscheuliches hinunter, und sagte dann ruhiger: »Wir haben natürlich auch noch den Verstand nicht verloren; wäre das was ich verlange nicht möglich, würde ich es nicht verlangen. Bitte gehn Sie jetzt.« Die Pflegerin stand aufgerichtet am Bett, dem Onkel voll zugewendet, mit der einen Hand streichelte sie, wie K. zu bemerken glaubte die Hand des Advokaten. »Du kannst vor Leni alles sagen«, sagte der Kranke zweifellos im Ton einer dringenden Bitte. »Es betrifft nicht mich«, sagte der Onkel, »es ist nicht mein Geheimnis.« Und er drehte sich um, als gedenke er in keine Verhandlungen mehr einzugehn, gebe aber noch eine kleine Bedenkzeit. »Wen betrifft es denn?« fragte der Advokat mit erlöschender Stimme und legte sich wieder zurück.

»Meinen Neffen«, sagte der Onkel, »ich habe ihn auch mitgebracht.« Und er stellte vor: »Prokurist Josef K.« »Oh«, sagte der Kranke viel lebhafter und streckte K. die Hand entgegen, »verzeihen Sie, ich habe Sie gar nicht bemerkt.« »Geh, Leni«, sagte er dann zu der Pflegerin, die sich auch gar nicht mehr wehrte, und reichte ihr die Hand, als gelte es einen Abschied für lange Zeit. »Du bist also«, sagte er endlich zum Onkel, der auch versöhnt nähergetreten war, »nicht gekommen, mir einen Krankenbesuch zu machen, sondern Du kommst in Geschäften.« Es war als hätte die Vorstellung eines Krankenbesuches den Advokaten bisher gelähmt, so gekräftigt sah er jetzt aus, blieb ständig auf einen Ellbogen aufgestützt, was ziemlich anstrengend sein mußte und zog immer wieder an einem Bartstrahn in der Mitte seines Bartes. »Du siehst schon viel gesünder aus«, sagte der Onkel, »seitdem diese Hexe draußen ist.« Er unterbrach sich, flüsterte: »Ich wette daß sie horcht« und sprang zur Tür. Aber hinter der Tür war niemand, der Onkel kam zurück, nicht enttäuscht, denn ihr Nichthorchen erschien ihm als eine noch größere Bosheit, wohl aber verbittert. »Du verkennst sie«, sagte der Advokat, ohne die Pflegerin weiter in Schutz zu nehmen; vielleicht wollte er damit ausdrücken, daß sie nicht schutzbedürftig sei.

Honoré Daumier
Der eingebildete Kranke
1860/63

Glücklich überstanden

Hans G. Adler

Der Unfall

Der kleine Unfall hätte Frau Lautensinger aus der Fassung gebracht, wenn sie nicht unabhängig gewesen wäre. So war sie niemandem Verantwortung schuldig als sich selbst, was die Dame als ein Gebot empfand, dem sie sich nicht entzog, dessen Erfüllung jedoch in ungeschmälerter Freizügigkeit sie mit ruhigem Gewissen sich vorbehielt. Sie ließ es daher mit Sanfmut geschehen, daß man mit dem Rettungswagen sie in aller Eile auf die Unfallstation brachte, wo ihr ein tüchtiger Arzt die erste Hilfe mit der nötigen Sorgfalt leistete. Frau Lautensinger zuckte mit keiner Wimper während der Behandlung, die ein wenig schmerzte, obwohl der freundliche Arzt alle erdenkliche Rücksichtnahme walten ließ.

Als der Chirurg den letzten Stich der wegen einer Rißwunde nötigen Naht durch die Haut gezogen und den schneeweißen Verband angelegt hatte, fragte der Doktor die Patientin, ob sie sich genügend bei Kräften fühle, um in häusliche Pflege entlassen zu werden. Frau Lautensinger, noch benommen, wünschte nichts anderes und war darum einverstanden, doch jetzt wollte der Arzt noch wissen, ob sie jemanden bei sich habe, der sich ein wenig um sie kümmern würde. Sie antwortete einfach: »Ich bin alleinstehend.« Darauf zögerte der

Doktor mit einem ernsten Blick und gab der Dame mit eindringlich leiser Stimme zu bedenken, ob sie es nicht vorzöge, ein bis zwei Tage in Anstaltspflege zu bleiben. »Falls Sie es für unbedingt geboten halten, Herr Doktor, so habe ich nichts dagegen. Ansonsten möchte ich aber lieber nachhause.«

Nach einigen weiteren Fragen erkannte der Arzt, daß er es mit einer vernünftigen Frau zu tun habe, weswegen er sich bald entschloß, sie zu entlassen, und Frau Lautensinger nur noch auftrug, nach zwei Tagen während der üblichen Sprechstunde im Ambulatorium der Poliklinik zu erscheinen, jedoch nicht zu säumen, sich früher zu melden, falls Fieber oder größere Schmerzen sich einstellen sollten. Dann erteilte der Doktor noch einige beherzigenswerte Ratschläge, gab Frau Lautensinger ein Beruhigungsmittel, unterschrieb den Entlassungsschein und verabschiedete sich mit einer liebenswürdigen Verneigung.

Der Pförtner fragte die Entlassene, ob er ihr eine Autodroschke herbeirufen solle, aber dieses freundliche Angebot wurde abgelehnt. Frau Lautensinger begab sich ohne Aufregung und Mühe mit sicheren Schritten zur nächsten Haltestelle der Straßenbahn und fuhr nachhause. Mit einem Gefühl dankbarer Erleichterung öffnete die Verletzte die Türe ihrer Wohnung, denn niemand hatte die Heimkehr bemerkt, was unter diesen Umständen ein jeder mit zartem Gewissen als eine kleine Gnade des Glückes empfunden hätte.

Auf diese Weise konnte Frau Lautensinger ihren ungefährlichen Straßenunfall in kurzer Zeit allein verwinden, zumal die Heilung schön fortschritt und sich die Aussicht öffnete, daß die Wunde nur eine kaum merkliche Narbe zurücklassen werde. Eine getroste Sorglosigkeit erfüllte die Witwe, die sich bald gar nicht mehr dessen erinnerte, wie leicht das noch so harmlos abgelaufene Mißgeschick sie um die Bewahrung ihrer Fassung hätte wahrhaftig bringen können.

Christine Lavant

O Mond, dir steht das Kranksein gut,
so schmal bist du noch lieber.
Vielleicht geht dir durch Hirn und Blut
jetzt auch das linde Fieber,
mit dem man aufwacht wie als Kind
und Strohhalm, Steine, Laub und Wind
ganz nah beim Herzen findet?
Wenn bald dein Aug erblindet,
dann, Wechselbälgchen, weine nicht,
auch mir vergeht das Augenlicht
und das Gehör der Ohren.
Hab noch viel mehr verloren.
Ich weiß, wie weh der Herzschwund tut,
wenn sich zugleich der schwere Mut
ausdehnt an seiner Stelle.
Du, der in neuer Helle
bald wiederkommst gesund und froh,
schau an die Blume da aus Stroh –
so leicht muß ich noch werden
und auch so leuchtend innen drin,
bevor mein allerletzter Sinn
verlöschen darf auf Erden.

Johann Gottfried Seume

Luft ist die beste Arznei

In Cilli kam ich ziemlich spät an und tat mir gütlich in sehr gutem Bier, das nun ziemlich selten zu werden anfängt. Aus Verzweiflung muß ich Wein trinken, und zwar viel; denn sonst würde man mich ohne Barmherzigkeit auf ein Strohlager weisen, und wenn ich auch noch so sehr mit dem Gelde klingelte. Es wurde hier bei meiner späten Ankunft so stark geschossen und geschrien, daß ich glaubte, es wäre Revolution im Lande. Wie ich näherkam, hörte ich, daß es Schlittenfahrten waren. In Cilli hätte ich auch bald meine irdische Laufbahn geschlossen: das ging so zu. Ich aß gut und viel, wie gewöhnlich, in der Wirtsstube und hatte bestellt, mir ein gutes Zimmer recht warm zu machen, weil es fürchterlich kalt war: denn die steiermärkischen und krainischen Winter halten sich in gutem Kredit, und der jetzige ist vorzüglich strenge. Nach der Mahlzeit ging ich auf das Zimmer, zog mich aus, stellte mich einige Minuten an den Ofen und legte mich zu Bette. Du weißt, daß ich ein gar gesunder Kerl bin und jeden Tag gut esse und jede Nacht gut schlafe. So auch hier. Aber es mochte vielleicht gegen vier Uhr des Morgens sein, als ich durch eine furchtbare Angst geweckt wurde und den Kopf kaum heben konnte. So viel hatte ich noch Besinnung, daß ich erriet, ich schliefe in einem neu geweißten Zimmer, das man auf mein Verlangen gewaltig geheizt hatte. Als ich mich aufzurichten versuchte, um das Fenster zu öffnen, fiel ich kraftlos und dumpf auf den Pfühl zurück und verlor das Bewußtsein. Als es helle ward, erwachte ich wieder, sammelte nun so viel Kraft, das Fenster zu öffnen, mich anzuziehen, in der Eile das Zimmer zu verlassen, hinunterzutaumeln und unten etwas Wein und Brot zu bestellen. Hier kam der zweite Paroxysmus; ich sank am Tische hin in einen namenlosen Zustand, wie in einen lichtleeren Abgrund, wo Finsternis hinter mir zuschloß. So viel erinnere ich mich noch: ich dachte, das ist der Tod, und war ruhig: sie werden mich schon gehörig begraben. Kurze Zeit darauf erwachte ich wieder unter dem entsetzlichsten Schweiße, der mich aber mit jedem Augenblicke leichter ins Leben zurückbrachte. Der ganze Körper war naß, die Haare waren wie getaucht, und auf den Händen standen große Tropfen bis vorn an die Nägel. Niemand war in dem Zimmer; der Schweiß brachte mir nach der Schwere des Todes ein Gefühl unaussprechlicher Behaglichkeit. Etwas Schwindel kam zurück; nun suchte ich mich zu ermannen und nahm etwas Wein und Brot. Die Luft, dachte ich, ist die beste Arznei, und auf alle Fälle stirbt man besser in dem freien Elemente als in der engen Kajüte. So nahm ich meinen Tornister mit großer Anstrengung auf die Schulter und ging oder wankte vielmehr fort; aber mit jedem Schritte ward ich leichter und stärker, und in einer halben Stunde fühlte ich nichts mehr, ob mir gleich Kleid, Hut, Haar und Bart und das ganze Gesicht schwer bereift war und der ganze Kerl wie schlechte verschossene Silberarbeit aussah; denn es fiel ein entsetzlich kalter Nebel. Nach zwei Stunden frühstückte ich wieder mit so gutem Appetit, als ich je getan hatte. Siehst Du, lieber Freund, so hätte mich der verdammte Kalk beinahe etwas früher, als nötig ist, aus der Welt gefördert. Doch vielleicht kam mir dieses auch nur so gefährlich vor, weil ich keiner solchen Phänomene von Krankheit, Ohnmacht und so weiter gewohnt bin. Etwas gewitziget wurde ich indes dadurch für die Zukunft, und ich visitierte nun allemal erst die Wände eines geheizten Zimmers, ehe ich mich ruhig einquartierte.

Wilhelm Busch

Der hohle Zahn

Oftmalen bringt ein harter Brocken
Des Mahles Freude sehr ins Stocken.

So geht's nun auch dem Friedrich Kracke;
Er sitzt ganz krumm und hält die Backe.

Um seine Ruhe ist's getan;
Er biß sich auf den hohlen Zahn.

[...]

Und rack – rack! Da haben wir den Zahn,
Der so abscheulich weh getan!

Mit Staunen und voll Heiterkeit,
Sieht Kracke sich vom Schmerz befreit.

Der Doktor, würdig, wie er war,
Nimmt in Empfang sein Honorar.

Und Friedrich Kracke setzt sich wieder
Vergnügt zum Abendessen nieder.

Jules Verne

Von Kleinigkeiten darf man sich nicht beirren lassen

Der Stoß, den Michael Strogoff erhalten hatte, war nicht tödlich. Schwimmend, ohne bemerkt zu werden, hatte er das östliche Ufer erreicht. Dort war er bewußtlos zusammengebrochen.

Als er die Augen aufschlug, erblickte er ein bärtiges Gesicht, das sich über ihn neigte. Er wollte fragen, wo er sich befände, aber der Muschik kam ihm zuvor und sagte:

»Sprich nicht, Väterchen, sprich nicht! Du bist noch sehr schwach. Ich will dir sagen, wo du bist, was sich zugetragen hat, bevor ich dich in meine Hütte brachte und danach.«

Und der Muschik erzählte von dem Kampf, dessen Zeuge er gewesen war, der Angriff der Tataren, die Plünderung des Tarantaß, die Ermordung der Fährleute, der Tod des Jemschik ... Michael Strogoff hörte nicht zu. Mit der Rechten tastete er sich unter sein Hemd und atmete auf: noch immer lag der kaiserliche Brief an seinem Herzen.

»Ein junges Mädchen«, hauchte er, »sie war bei mir ...«

»Sie lebt«, antwortete der Muschik, »sie haben sie in ihrem Boot entführt, sind den Irtysch hinabgefahren. Man wird sie wohl wie die anderen Gefangenen nach Irkutsk verfrachten.«

Michael Strogoff verschlug es die Sprache. Sein Herz

klopfte. Es schwindelte ihm. Dämmerung wollte sich über seine Augen senken. Noch aber lebte sein Pflichtgefühl.

»Wo bin ich?«

»Am rechten Ufer des Irtysch, eine Stunde von Omsk entfernt.«

»Wie geht es mir? Wie lange liege ich hier? Und warum? War es ein Flintenschuß? Wo hat's mich erwischt?«

»Ein Lanzenstoß am Kopfe, ist schon verheilt. In ein paar Tagen wirst du weiterreisen können. Väterchen, du bist in den Fluß gefallen, hast im Wasser gelegen, aber die Tataren haben dich nicht geschnappt. Bist nicht geplündert worden, hast keine Kopeke verloren, hast Glück gehabt.«

»Kannst du mir ein Pferd verkaufen?«

»Ich habe weder Pferd noch Wagen, mein Lieber. Wo die Tataren hausen, bleibt nichts übrig!«

»Dann gehe ich zu Fuß nach Omsk und suche mir dort ein Pferd.«

»Ruhe dich aus! Du mußt erst zu Kräften kommen. Immerhin hast du drei Tage bewußtlos gelegen.«

»Das war lange genug!«

»Also gut«, sagte der Muschik, denn er sah ein, daß gegen den Willen seines Gastes nichts auszurichten war, »ich werde dich führen. Übrigens sind noch Russen in Omsk. Vielleicht kommst du unbemerkt in die Stadt.«

»Frisch gewagt!« rief Michael Strogoff.

Und er kletterte aus dem Bett, kleidete sich mit Hilfe des Muschiks an und verließ die Hütte. Doch schon nach den ersten Schritten überfiel ihn ein furchtbares Schwindelgefühl, alles drehte sich, das Tageslicht erlosch, der Himmel war voller Wildenten, Tataren saßen auf den Bäumen, Lanzenstiche, Flintenschüsse, Glockenläuten. Michael Strogoff taumelte, und er wäre gestürzt, hätte der Muschik ihn nicht gestützt.

Es war die frische Luft, die den Genesenden bald stärkte. Jetzt schmerzte ihn seine Verletzung, die wohl schlimmer ausgefallen wäre, hätte die Pelzmütze den Lanzenstoß nicht abgeschwächt. Aber der Kurier des Zaren war nicht der Mann, sich von solchen Kleinigkeiten beirren zu lassen. Er sah nur ein Ziel: das ferne Irkutsk! Nicht zaudern, nicht bangen! Erst einmal nach Omsk!

Gustav Meyrink

Der heiße Soldat

Es war keine Kleinigkeit für die Militärärzte gewesen, alle die verwundeten Fremdenlegionäre zu verbinden. – Die Annamiten hatten schlechte Gewehre und die Flintenkugeln waren fast immer in den Leibern der armen Soldaten stecken geblieben. –

Die medizinische Wissenschaft hatte in den letzten Jahren große Fortschritte gemacht, das wußten selbst diejenigen, die nicht lesen und schreiben konnten, und sie unterwarfen sich, zumal ihnen nichts anderes übrig blieb, willig allen Operationen.

Zwar starben die meisten, aber immer erst nach der

Operation, und auch dann nur, weil die Kugeln der Annamiten offenbar vor dem Schuß nicht aseptisch behandelt worden waren, oder auf ihrem Wege durch die Luft gesundheitsschädliche Bakterien mitgerissen hatten.

Die Berichte des Professors Mostschädel, der sich aus wissenschaftlichen Motiven, und von der Regierung bestätigt, der Fremdenlegion angeschlossen hatte, ließen keinen Zweifel daran zu.

Seinen energischen Anordnungen war es auch zu danken, daß die Soldaten wie auch die Eingeborenen im Dorfe nur noch im Flüstertone von den Wunderheilungen des frommen indischen Büßers Mukhopadaya sprachen.

Als letzter Verwundeter wurde lange nach dem Scharmützel der Soldat Wenzel Zavadil, ein gebürtiger Böhme, von zwei annamitischen Weibern in das Lazarett getragen. Befragt, woher sie jetzt so spät noch kämen, erzählten sie, daß sie Zavadil wie tot vor der Hütte des Mukhopadaya liegend gefunden und sodann getrachtet hätten, ihn durch Einflößen einer opalisierenden Flüssigkeit – das einzige, was in der verlassenen Hütte des Fakirs zu finden gewesen war – wieder zum Leben zurückzubringen.

Der Arzt konnte keine Wunde finden und bekam auf sein Befragen von dem Patienten nur ein wildes Knurren zur Antwort, das er für die Laute eines slawischen Dialektes hielt. Für alle Fälle verordnete er ein Klystier und ging in das Offizierszelt. – – –

Ärzte und Offiziere unterhielten sich ausgezeichnet; das kurze, aber blutige Scharmützel hatte Leben in das alte Einerlei gebracht.

Mostschädel hatte eben einige anerkennende Worte über Professor Charkot – um die anwesenden französischen Kollegen sein deutsches Übergewicht nicht allzu schmerzlich fühlen zu lassen – beendet, als die indische Pflegerin vom roten Kreuz am Zelteingang erschien und in gebrochenem Französisch meldete:

»Sergeant Henry Serpollet tot, Trompeter Wenzel Zavadil 41,2 Grad Fieber.«

»Intrigantes Volk, diese Slawen«, murmelte der Wache habende Arzt, »der Kerl hat Fieber und doch keine Verwundung!«

Die Wärterin erhielt die Weisung, dem Soldaten, natürlich dem lebendigen, drei Gramm Chinin in den Schlund zu stopfen, und entfernte sich. – – –

Professor Mostschädel hatte die letzten Worte aufgefangen und machte sie zum Ausgangspunkt einer längeren gelehrten Rede, in der er die Wissenschaft Triumphe feiern ließ, die es verstanden hatte, das gute Chinin in den Händen von Laien zu entdecken, die in der Natur, der blinden Henne gleich, auf dieses Heilmittel gestoßen waren.

Er war von diesem Thema auf die spastische Spinalparalyse übergegangen und die Augen seiner Zuhörer begannen bereits gläsern zu werden, als wiederum die Wärterin mit der Meldung erschien:

»Trompeter Wenzel Zavadil 49 Grad Fieber, bitte um ein längeres Thermometer.« – – –

»Also demnach schon längst tot«, sagte lächelnd der Professor. –

Der Stabsarzt stand langsam auf und näherte sich mit drohender Miene der Wärterin, die sofort einen Schritt zurückwich. – »Sie sehen, meine Herren«, erklärte der daraufhin zu den übrigen Ärzten, »das Weib ist ebenfalls hysterisch, wie der Soldat Zavadil; – – – Duplizität der Fälle!« – Hierauf legten sich alle zur Ruhe.

»Der Herr Stabsarzt läßt dringend bitten«, schnarrte der Meldereiter den noch sehr verschlafenen Gelehrten an, als kaum die ersten Sonnenstrahlen den Saum der nahen Hügel färbten.

Alles blickte erwartungsvoll auf den Professor, der sich augenblicklich an das Bett Zavadils begab.

»54 Grad Réaumur Blutwärme, unglaublich«, stöhnte der Stabsarzt.

Mostschädel lächelte ungläubig, zog aber entsetzt seine Hand zurück, als er sich an der Stirne des Kranken tatsächlich verbrannte.

»Nehmen Sie die Vorgeschichte der Krankheit auf«, sagte er zögernd nach längerem peinlichem Schweigen zum Stabsarzt. »Nehmen Sie doch die Vorgeschichte der Krankheit auf und stehen Sie nicht so unentschlossen herum!« schrie der Stabsarzt den jüngsten der Ärzte an.

»Bhagavan Sri Mukhopadaya wüßte vielleicht ...« wagte die indische Wärterin zu beginnen.

»Reden Sie, wenn Sie gefragt werden«, unterbrach sie der Stabsarzt.

»Immer der alte verdammte Aberglauben«, fuhr er, zu Mostschädel gewendet, fort.

»Der Laie denkt immer an das Nebensächliche«, begütigte der Professor. – »Senden Sie mir nur den Bericht, ich habe jetzt dringend zu tun.« – –

»Nun, junger Freund, was haben Sie eruiert«, fragte der Gelehrte den Subalternarzt, hinter dem sich eine Menge Offiziere und Ärzte wißbegierig in das Zimmer drängten. »Die Temperatur ist inzwischen auf 80 Grad gestiegen ...« Der Professor machte eine ungeduldige abwehrende Bewegung: Nun?

»Patient machte vor zehn Jahren einen Typhus durch, vor zwölf Jahren eine leichte Diphteritis; Vater an Schädelbruch gestorben, Mutter an Gehirnerschütterung; Großvater an Schädelbruch, Großmutter an Gehirnerschütterung! – Der Patient und seine Familie stammen nämlich aus Böhmen«, fügte der Subalternarzt erklärend hinzu. »Befund, Temperatur ausgenommen, normal, – Abdominalfunktionen sämtlich träge, – Verwundung, außer leichten Kontusionen am Hinterkopf, nicht auffindbar. – Patient soll angeblich in der Hütte des Fakirs Mukhopadaya mit einer opalisierenden Flüssigkeit ...«

»Zur Sache, nicht in das Unwesentliche abschweifen, junger Freund«, ermahnte gütig der Professor und fuhr, seinen Gästen mit einer einladenden Handbewegung die umherstehenden Bambuskoffer und Stühle als Sitze anbietend, fort: »Es handelt sich hier, meine Herren, wie ich schon heute früh auf den ersten Blick erkannte, Ihnen aber nur andeutete, damit Sie selber Gelegenheit fänden, den richtigen Weg zur Diagnose einzuschlagen, um einen nicht allzuhäufigen Fall von spontaner Temperaturerhöhung infolge einer Verletzung des Thermalzentrums –« (mit einer leicht geringschätzigen Miene zu den Offizieren und Laien:) »des Zentrums im Gehirn, das die Temperaturschwankungen des Körpers vermittelt – auf Basis erheblicher und akquirierter Belastung. –Wenn wir ferner die Schädelbildung des Subjektes – – –«

Hornsignale der Ortsfeuerwehr, die aus einigen invaliden Soldaten und chinesischen Kulis bestand, drangen

Schrecken verkündend vom Missionsgebäude herüber und ließen den Redner verstummen. –

Alle stürzten ins Freie; der anwesende Oberst voran.

Vom Lazaretthügel herab zum See der Göttin Parvati raste, einer lebenden Fackel gleich, gefolgt von einer schreienden und gestikulierenden Menge, der Trompeter Wenzel Zavadil in brennende Fetzen gehüllt.

Knapp vor dem Missionshause empfing den Armen die chinesische Feuerwehr mit einem armdicken Wasserstrahl, der ihn zwar zu Boden warf, sich aber fast gleichzeitig in eine Dampfwolke verwandelte. – – – Die Hitze des Trompeters hatte sich im Lazarett zuletzt derart gesteigert, daß die neben ihm stehenden Gegenstände zu verkohlen angefangen hatten und die Wärter schließlich gezwungen waren, Zavadil mit Eisenstangen aus dem Hause zu scheuchen; die Fußböden und Treppen wiesen seine eingebrannten Fußstapfen, als ob der Teufel dort spazieren gegangen wäre. –

Jetzt lag Zavadil nackt, – die letzten Fetzen hatte der Wasserstrahl fortgerissen – auf dem Vorhofe des Missionsgebäudes, dampfte wie ein Bügeleisen und schämte sich seiner Blöße. – – –

Ein findiger Jesuitenpater warf ihm einen alten Asbestanzug, der einmal einem Lavaarbeiter gehört hatte, vom Balkon zu, in den sich Zavadil unter Dankesworten hüllte.

»Wie, um Gottes willen, soll man sich aber erklären, daß der Kerl nicht selbst gänzlich zu Asche verbrennt?« fragte der Oberst den Professor Mostschädel. –

»Ich bewunderte stets Ihre strategischen Talente, Herr Oberst«, entgegnete der Gelehrte indigniert, »aber was die medizinische Wissenschaft anbetrifft, so müssen Sie diese schon uns Ärzten überlassen. – Wir müssen uns an die gegebenen Tatsachen halten, und diese aus den Augen zu lassen, liegt für uns keinerlei Indikation vor!« –

Die Ärzte freuten sich der klaren Diagnose, und abends traf man immer wieder im Zelte des Kapitäns zusammen, wo es dann stets lustig herging.

Von Wenzel Zavadil sprachen nur noch die Annamiten; – – zuweilen sah man ihn am anderen Ufer des Sees beim Steintempel der Göttin Parvati sitzen, und die Knöpfe seines Asbestanzuges erstrahlten in Rotglut. – –

Die Priester des Tempels sollten ihr Geflügel an ihm braten, hieß es; andere sagten wiederum, er sei bereits im Abkühlen begriffen und gedenke, schon mit 50 Grad in seine Heimat zurückzukehren.

Robert Walser

Endloses Leid gibt es nicht

Sie weinte ganze lange Tage. Die gesunde junge Frau, die sie war, besaß sie auch die Kraft, sich dem Schmerz mit der vollen Gewalt hinzugeben? Sie überließ sich der traurigen und schrecklichen Wollust endloser jammervoller Klagen. Der Verlust des geliebten Mannes, der Untergang all der holden Hoffnung, das zertrümmerte liebliche Gebäude, der Zusammenbruch des Lustschlosses, in welchem die schönen Prinzessinnen »heitere Aussicht« und »frohe Zuversicht« und »süße Empfindung« gewohnt hatten, das unabsehbare Leid, das wie ein Meer sich vor ihrem Bewußtsein ausdehnte, bedeuteten eine Wunde in dem verletzten Busen, die mit heißen und vielen Tränen ausgewaschen sein wollte, damit sie nach und nach heilen konnte. Indem aber Rosa viel weinte, blieb sie gesund und bei einiger Heiterkeit, denn in einem großen Unglück liegt auch ein großer Seelenstolz, mithin immer noch eine Art Gewinn. Indem sie klagte, mußten auch nach und nach die Klagen aufhören, wie denn alles was einen Beginn hat, auch zu seinem Ende kommen muß, denn das, was nie aufhört, beginnt auch nie. Dem Menschen ist weder endloses Leid auferlegt, noch endloses Glück gegönnt. Rosa lernte wieder lächeln und heiter sein. Der muntere Geist, den sie besaß, gab nicht zu, daß sie verzweifelte, und ihre Klugheit und Aufgewecktheit zeigten ihr den Weg, den sie einschlug, um nicht nur am Leben zu bleiben, sondern auch fernerhin am Leben eine bescheidene Freude zu haben. Sie gehörte am Ende zu den Leuten, die den Drang haben, sich selber zu schätzen; denen es daher unmöglich ist, gänzlich zu verzagen. Sie faßte frische Hoffnung, denn sie sah ein, daß neben Paul noch allerlei sonstige achtens- sowohl wie liebenswerte Männer auf der Welt lebten. Die Zeit, die eine bedeutende Ärztin ist, trug bei und half mit, das Gewesene, teilweise wenigstens, zu überwinden. Stolz und gerechter Zorn taten an dem Werk der Überwindung das Ihrige und waren Rosa behilflich, sich zu erneuern. Sie lernte bei einer Gelegenheit einen rechtschaffenen Mann kennen, der ihr mit der Zeit bewies, daß sie ihm teuer sei und daß er wünsche, ihr ergeben sein zu dürfen. Sein Charakter und seine männliche Bestimmtheit veranlaßten sie, ihn zu achten. Sie gewöhnte sich an ihn, derart, daß, als er sie zu einer guten Stunde mit stiller, angenehmer Stimme bat, ihm sagen zu wollen, ob er der Ihre sein dürfe und ob sie die Seine sein möchte, und ob sie seine Meinung teile, die ihm einrede, daß sie beide gut zusammen passen würden, sie ihn ehrlich und freundlich anschaute und ihm gar keine lange und breite Antwort gab, sondern sich zutraulich und mit dem vergnügtesten und schönsten Lächeln der Welt auf den Lippen an ihn anschmiegte, worauf er sie herzlich küßte.

Nachsatz

Krankheiten nützen nicht bloß dem Doktor, sondern auch der Seele.

Jean Paul

Michel de Montaigne

Es hängt größtenteils davon ab, wie wir uns dazu stellen

Die Menschen leiden, so heißt es in einer griechischen Sentenz, unter den Vorstellungen, die sie von den Dingen haben, nicht unter den Dingen selbst. [...] Wenn das, was wir schlimm und quälend nennen, an sich weder schlimm noch quälend ist, sondern nur in unserer Vorstellung dazu wird, steht es in unserer Macht, diese Vorstellung zu ändern. Da wir die Wahl haben, ist es doch unbegreiflich töricht von uns, uns ohne Not auf die Auffassung zu versteifen, die uns Kummer bringt, das Kranksein, das Armsein, das Verachtetwerden ohne Not in trübem Lichte zu sehen, wenn wir es auch in rosigem Lichte sehen können, und wenn das Schicksal uns sozusagen nur den Stoff unserer Erlebnisse darbietet, wir aber ihnen die Form geben sollen.

Verzeichnis der Autoren, Texte und Druckvorlagen

Mit einem Stern versehene Überschriften wurden von den Herausgeberinnen formuliert oder dem zitierten Text entnommen.

Hans G. Adler (1910–1988)

H. G. A.: Sodoms Untergang. Bagatellen. Bonn: Bibliotheca christiana, 1965. S. 155–157.

Peter Altenberg (d. i. Richard Engländer, 1859–1919)

P. A.: Diogenes in Wien. Aphorismen, Skizzen und Geschichten. Bd. 1. Berlin: Verlag Volk und Welt, 1979. S. 207 (1), 222 (2).

Apostelgeschichte

Apostelgeschichte 3,1–10. In: Die Bibel. Einheitsübersetzung der Heiligen Schrift. Gesamtausgabe. Stuttgart/Klosterneuburg: Katholische Bibelanstalt / Deutsche Bibelgesellschaft / Österreichisches Katholisches Bibelwerk, 1994.

Richard Berczeller (1902–1994)

R. B.: Die sieben Leben des Doktor B. Odyssee eines Arztes. Übers. von Kurt Wagenseil. München: List, 1965. S. 222–224. – Mit Genehmigung von Ellen Wagenseil, Tutzing.

Henning Boëtius (geb. 1939)

Das Fieber des Johann Christian Günther* 33

H. B.: Schönheit der Verwilderung. Das kurze Leben des Johann Christian Günther. Roman. Frankfurt a. M.: Eichborn, 1987. S. 159 f. – © 1987 Eichborn Verlag AG, Frankfurt am Main.

Wilhelm Busch (1832–1908)

Der hohle Zahn 162

W. B.: Sämtliche Werke und eine Auswahl der Skizzen und Gemälde. 2 Bde. Hrsg. von Rolf Hochhuth. Gütersloh: Bertelsmann, 1959 [u. ö.]. S. 1019, 1026 f.

Elias Canetti (1905–1994)

Die zuckrige Freundlichkeit des Herrn Dozenten* . . . 129

E. C.: Die gerettete Zunge. Geschichte einer Jugend. München/Wien: Hanser, 1994. S. 147 f. – © 1994 Carl Hanser Verlag, München und Wien.

Giacomo Girolamo Casanova (1725–1798)

Der nächtliche Besuch der Fee* 61

G. G. C.: Geschichte meines Lebens. Hrsg. und eingel. von Erich Loos. Übers. von Heinz von Sauter. Bd. 1. Berlin: Propyläen Verlag, 1964. S. 81–83. – © 1964 Verlag Ullstein GmbH, Berlin.

Ignaz Franz Castelli (1781–1862)

So pflegt dem Badegast der Tag zu verfließen* 110

Kornelius Fleischmann: Biedermeierliteratur in und um Baden und Bad Vöslau. Baden: Grasl, 1983. S. 175, 177 f. [Die Orthographie wurde behutsam modernisiert.]

Alphonse Daudet (1840–1897)

Das geheimnisvolle Elixier* 69

A. D.: Briefe aus meiner Mühle. Übers. von Liselotte Ronte. München: Winkler, ^{3}1990. S. 217–224. [Aus: Das Elixier des ehrwürdigen Pater Gaucher.] – © ^{4}1993 Artemis & Winkler Verlag, Düsseldorf/Zürich.

Heimito von Doderer (1896–1966)

Mit Pauken- und Trommelschlögeln gegen die Wut-Krankheit* 79

H. v. D.: Die Merowinger oder Die totale Familie. Roman. München: Biederstein, 1962. S. 10–14. – © 1962 C. H. Beck'sche Verlagsbuchhandlung (Oscar Beck), München. Die erste Auflage ist im Biederstein Verlag erschienen.

Friedrich Dürrenmatt (1921–1990)

Ein Todkranker mit gesegnetem Appetit* 143

F. D.: Der Richter und sein Henker. Der Verdacht. Die zwei Kriminalromane um Kommissär Bärlach. Zürich: Diogenes Verlag, 1978. S. 109–111. [Aus: Der Richter und sein Henker.] – © 1985 Diogenes Verlag AG, Zürich.

Herbert Eisenreich (1925–1986)

Die Kraft zum Widerstand* 34

H. E.: Die Freunde meiner Frau und neunzehn andere Kurzgeschichten. Zürich: Diogenes Verlag, 1966. S. 327–330. [Aus: Doppelbödige Welt.]

Das erste Buch Samuel

David spielt vor Saul* 100

1 Samuel 16,14–23. In: Die Bibel. Einheitsübersetzung der Heiligen Schrift. Gesamtausgabe. Stuttgart/Klosterneuburg: Katholische Bibelanstalt / Deutsche Bibelgesellschaft / Österreichisches Katholisches Bibelwerk, 1994.

Christina Florack-Kröll

Reisekultur: Von der Pilgerfahrt zum modernen Tourismus. Hrsg. von Hermann Bausinger, Klaus Beyrer und Gottfried Korff. München: C. H. Beck, 1991. S. 204–206. [Aus: »Heilsam Wasser, Erd' und Luft«. Zu Goethes Badereisen.] – © 1991 C. H. Beck'sche Verlagsbuchhandlung (Oscar Beck), München.

André Gide (1869–1951)

A. G.: Der Immoralist. Roman. Übers. von Gisela Schlientz. In: A. G.: Gesammelte Werke in zwölf Bänden. Hrsg. von Raimund Theis und Peter Schnyder. Bd. 7. Stuttgart: Deutsche Verlags-Anstalt, 1991. S. 401–403. – © 1991 Deutsche Verlags-Anstalt GmbH, Stuttgart.

Johann Wolfgang Goethe (1749–1832)

J. W. G.: Wilhelm Meisters Lehrjahre. Hrsg. von Ehrhard Bahr. Stuttgart: Reclam, 1982 [u. ö.]. S. 234–236.

Günter Grass (geb. 1927)

G. G.: Werkausgabe. Hrsg. von Volker Neuhaus und Daniela Hermes. Bd. 3. Göttingen: Steidl, 1997. S. 73–75. – © 1993 Steidl Verlag, Göttingen.

Jaroslav Hašek (1883–1923)

J. H.: Die Abenteuer des braven Soldaten Schwejk. Übers. von Grete Reiner. Reinbek bei Hamburg: Rowohlt [1962]. S. 72 f. – © 1960 Rowohlt Verlag GmbH, Reinbek bei Hamburg.

Marlen Haushofer (1920–1970)

M. H.: Die Mansarde. Hamburg/Düsseldorf: Claassen, 1969. S. 211–213. – © 1969 Claassen Verlag GmbH, Hamburg und Düsseldorf. Mit Genehmigung des Verlagshauses Goethestraße GmbH & Co. KG, München.

Friedrich Hebbel (1813–1863)

Kornelius Fleischmann: Biedermeierliteratur in und um Baden und Bad Vöslau. Baden: Grasl, 1983. S. 273. [Die Orthographie wurde behutsam modernisiert.]

Franz Hessel (1880–1941)

F. H.: Sämtliche Werke in fünf Bänden. Hrsg. von Hartmut Vollmer und Bernd Witte. Bd. 2: Prosasammlungen. Hrsg. von Karin Grund-Ferroud. Oldenburg: Igel Verlag Literatur, 1999. S. 244 f. – © 1999 Igel Verlag Literatur, Oldenburg.

Ernst Jandl (1925–2000)

E. J.: poetische werke in 10 bänden. Hrsg. von Klaus Siblewski. Bd. 4: der künstliche baum. München: Luchterhand Literaturverlag, 1997. S. 67. – © 1997 Luchterhand Literaturverlag GmbH, München.

Jean Paul (d. i. Johann Paul Friedrich Richter, 1763–1825)

J. P.: Dr. Katzenbergers Badereise. Stuttgart: Reclam, 1961 [u. ö.]. S. 115–117.

Franz Kafka (1883–1924)

F. K.: Der Proceß. Roman. Stuttgart: Reclam, 1995 [u. ö.]. S. 89–92. – © 1935 by Schocken Verlag, Berlin. © 1946, 1963, 1974 by Schocken Books Inc., New York City, USA. © 1990 by Schocken Books Inc. New York City, USA. Abdruck mit Genehmigung der S. Fischer Verlag GmbH, Frankfurt am Main.

Marie Luise Kaschnitz (1901–1974)

M. K.: Tage, Tage, Jahre. Aufzeichnungen. Frankfurt a. M.: Insel Verlag, 1968. S. 115 f. – © 1968 Insel Verlag, Frankfurt am Main.

Christine Lavant (d. i. Christine Habernig, 1915–1973)

Ch. L.: Die Bettlerschale. Gedichte. Salzburg: Müller, 1956. S. 21. – © 1956 Otto Müller Verlag, Salzburg.

Carlo Levi (1902–1975)

C. L.: Christus kam nur bis Eboli. Übers. von Helly Hohenemser-Steglich. Zürich / Wien / New York: Europa Verlag, 1947. S. 232–235. – © 1947 Europa Verlag AG, Zürich.

Klaus Mann (1906–1949)

Ein flüchtiger Alptraum* 22

K. M.: Der Wendepunkt. Ein Lebensbericht. Frankfurt a. M.: S. Fischer, 1966. S. 52–54. – © 1994 Rowohlt Verlag GmbH, Reinbek bei Hamburg.

Thomas Mann (1875–1955)

Das ultimative Buch gegen alle menschlichen Leiden* 93

Th. M.: Der Zauberberg. Roman. Frankfurt a. M.: Fischer Taschenbuch Verlag, 1967 [u. ö.]. S. 260 f. – © 1924 S. Fischer Verlag, Berlin. © 1952 S. Fischer Verlag GmbH, Frankfurt am Main.

Roger Martin du Gard (1881–1958)

Der Pastor am Krankenbett* 45

R. M. d. G.: Die Thibaults. Die Chronik einer Familie. Übers. von Eva Mertens. Bd. 1: Wien: Zsolnay, 1949. S. 51 f. – © 1960 und 1988 Paul Zsolnay Verlag, Wien.

Gustav Meyrink (1868–1932)

Der heiße Soldat 168

G. M.: Des deutschen Spießers Wunderhorn. Gesammelte Novellen. München/Wien: Langen Müller, 1982. S. 261–266. – © 1982 Langen Müller in der F. A. Herbig Verlagsbuchhandlung GmbH, München.

Michel de Montaigne (1533–1592)

Es hängt größtenteils davon ab, wie wir uns dazu stellen 177

M. d. M.: Die Essais. Ausgew., übertr. und eingel. von Arthur Franz. Stuttgart: Reclam, 1969 [u. ö.]. S. 129.

Karl Philipp Moritz (1756–1793)

K. Ph. M.: Götterlehre oder Mythologische Dichtungen der Alten. Leipzig: Insel-Verlag Anton Kippenberg, 1966 [u. ö.]. S. 242 f.

Vladimir Nabokov (1899–1977)

V. N.: Maschenka. Roman. Übers. von Klaus Birkenhauer. Reinbek bei Hamburg: Rowohlt Taschenbuch Verlag, 1993. S. 54–57. –

Friedrich Nietzsche (1844–1900)

F. N.: Sämtliche Werke. Kritische Studienausgabe in 15 Bänden. Hrsg. von Giorgio Colli und Mazzino Montinari. Bd. 3. München / Berlin / New York: Deutscher Taschenbuch Verlag / de Gruyter, 1980. S. 230. [Aus: Morgenröte.]

Gudrun Pausewang (geb. 1928)

G. P: Die Entführung der Doña Agata. Roman. Stuttgart: Deutsche Verlags-Anstalt, 1971. S. 117–120. – Mit Genehmigung von Gudrun Pausewang, Schlitz.

Alfred Polgar (1873–1955)

A. P.: Kleine Schriften. Hrsg. von Marcel Reich-Ranicki in Zusarb. mit Ulrich Weinzierl. Bd. 3: Irrlicht. Reinbek bei Hamburg: Rowohlt, 1984. S. 272–277. –

Horst Prignitz

Badekuren – historisch* 102

H. P.: Wasserkur und Badelust. Eine Badereise in die Vergangenheit. Leipzig: Koehler & Amelang, 1986. S. 15 f., 153 f. – © 1986 Koehler & Amelang, Leipzig.

Walter E. Richartz (1927–1980)

Am besten ohne Arzt* 137

W. E. R.: Tod den Ärzten. Roman. Zürich: Diogenes Verlag, 1969. S. 170. – © 1969 Diogenes Verlag AG, Zürich.

Rainer Maria Rilke (1875–1926)

Die Genesende 31

R. M. R.: Sämtliche Werke. Hrsg. vom Rilke-Archiv. In Verb. mit Ruth Sieber-Rilke bes. durch Ernst Zinn. Bd. 1. Wiesbaden: Insel Verlag, 1955. S. 514.

Jean-Jacques Rousseau (1712–1778)

Am besten ohne Arzt* 137

J.-J. R.: Emile oder Über die Erziehung. Hrsg., eingel. und mit Anm. vers. von Martin Rang. Unter Mitarb. des Hrsg. übers. von Eleonore Sckommodau. Stuttgart: Reclam, 1963 [u. ö.]. S. 140 f.

George Sand (1804–1876)

Das Auflegen einer reinen und starken Hand* 42

G. S.: Die kleine Fadette. Roman. Mit einem Nachw. vers. von Irmela Körner. Frankfurt a. M. / Berlin: Ullstein, 1990. S. 181–183.

Heinrich Schipperges (geb. 1918)

H. Sch.: Lesen verändert. Vom Leben des Buches – Vom Leben mit Büchern. Frankfurt a. M.: Knecht, 1987. S. 67–70. –

Gustav Schwab (1792–1850)

Die schönsten Sagen des klassischen Altertums nach seinen Dichtern und Erzählern von Gustav Schwab. Stuttgart: Reclam, 1986 [u. ö.]. S. 383 f.

Johann Gottfried Seume (1763–1810)

Seumes Werke in zwei Bänden. Bd. 1. Berlin/Weimar: Aufbau-Verlag, 1977. S. 214 f. [Aus: Spaziergang nach Syrakus im Jahre 1802.]

Agnes Smedley (1894?–1950)

A. S.: Tochter der Erde. Mein Lebensroman. Übers. von Julian Gumperz. München: Verlag Frauenoffensive, 1976. S. 45. –

August Strindberg (1849–1912)

A. St.: Inferno. Übers. von Christian Morgenstern. Frankfurt a. M.: Basis Verlag, 1987. S. 119–122.

Kurt Tucholsky (1890–1935)

Rezepte gegen Grippe 75

K. T.: Gesammelte Werke. Hrsg. von Mary Gerold-Tucholsky und Fritz J. Raddatz. Bd. 3: 1929–1932. Reinbek bei Hamburg: Rowohlt, 1975. S. 777–779. – © 1960 Rowohlt Verlag GmbH, Reinbek bei Hamburg.

Ljudmila Ulitzkaja (geb. 1943)

Eine nützliche Nervenschwäche* 149

L. U.: Medea und ihre Kinder. Roman. Übers. von Ganna-Maria Braungardt. Berlin: Verlag Volk und Welt, 1997. S. 83 f. – © 1997 Verlag Volk und Welt GmbH, Berlin.

Jules Verne (1828–1905)

Von Kleinigkeiten darf man sich nicht beirren lassen* 166

J. V.: Der Kurier des Zaren. Roman. Übers. von Max Rheub. Frankfurt a. M. / Hamburg: Fischer, 1969. S. 66 f.

Robert Walser (1878–1956)

Endloses Leid gibt es nicht* 174

R. W.: Liebesgeschichten. Zusgest. und mit einem Nachw. vers. von Volker Michels. Frankfurt a. M.: Insel Verlag, 1978. S. 58 f. [Aus: Rosa.] – © 1978 Suhrkamp Verlag, Frankfurt am Main und Zürich. Mit Genehmigung der Inhaberin der Rechte, der Carl-Seelig-Stiftung, Zürich.

Ernst Weiss (1882–1940)

Der Frühberufene* 119

E. W.: Der arme Verschwender. Roman. Frankfurt a. M.: Suhrkamp, 1999. S. 105–108. – © 1999 Suhrkamp Verlag, Frankfurt am Main.

Franz Werfel (1890–1945)

Das erste Wunder von Lourdes* 49

F. W.: Das Lied von Bernadette. Roman. Frankfurt a. M.: Fischer Taschenbuch Verlag, 1991, S. 270–273. – Mit Genehmigung der S. Fischer Verlag GmbH, Frankfurt am Main. © 1941 Bermann-Fischer Verlag, Stockholm. © renewed 1968 by Alma Mahler-Werfel.

Banana Yoshimoto (geb. 1964)

Es war gefährlich nah dran* 36

B. Y.: Tsugumi. Roman. Aus dem Japanischen übers. von Annelie Ortmanns. Zürich: Diogenes Verlag, 1997. S. 178–180. – © 1996 Diogenes Verlag AG, Zürich.

Verzeichnis der Abbildungen

Der Verlag Philipp Reclam jun. dankt für die Nachdruck- und Reproduktionsgenehmigung den Rechteinhabern, die durch den Text- bzw. Abbildungsnachweis und einen folgenden Genehmigungs- oder Copyrightvermerk bezeichnet sind. In einigen Fällen waren die Inhaber der Rechte nicht festzustellen. Hier ist der Verlag bereit, nach Anforderung rechtmäßige Ansprüche abzugelten.